曼陀罗悬疑馆

给您最好看的原创悬疑小说

《女神探希娃》系列悬疑推理小说　02

The Case Is Closed
遗嘱之吏

[英] 帕特丽夏·温沃斯 著

李秋宜 译

贵州出版集团
贵州人民出版社

图书在版编目（CIP）数据

女神探希娃·遗嘱之更 / [英]帕特丽夏·温沃斯著　李秋宜译—贵阳：贵州人民出版社，2018.4

ISBN 978-7-221-12076-2

Ⅰ.①女…　Ⅱ.①帕…②李…Ⅲ.①推理小说－英国－现代　Ⅳ.①I561.45

中国版本图书馆CIP数据核字（2018）第083994号

女神探希娃·遗嘱之更

[英]帕特丽夏·温沃斯/著　李秋宜/译

出版人　苏　桦
总策划　陈继光
责任编辑　陈继光　潘　媛
特约编辑　Echo
封面设计　源之设计
出版发行　贵州人民出版社（贵阳市观山湖区会展东路SOHO办公区A座）
印　　刷　长沙鸿发印务实业有限公司（长沙市黄花工业园3号）
版　　次　2018年6月第1版
印　　次　2018年6月第1次
印　　张　9
字　　数　180千字
开　　本　880mm×1230mm　1/32
书　　号　ISBN 978-7-221-12076-2
定　　价　30.00元

她来了，女神探希娃小姐！

《女神探希娃》（中文版）系列悬疑推理小说序

日本“侦探推理小说之父”江户川乱步曾说过：“要写出堪称一流的文学作品，却又不失去推理小说的独特趣味，是非常困难的事情。但是，我并不完全否认成功的可能性。”不得不说，这种可能性在《女神探希娃》系列悬疑推理小说中得以完美实现。

众所周知，第一次世界大战和第二次世界大战之间这段时期，被称为是西方侦探小说的“黄金时代”。当时，仅英美两国，就出现了数以千计的侦探小说。阅读侦探故事已不仅仅是有钱阶级的一种消遣，下层阶级的人也竞相阅读起来，这无疑刺激了侦探小说作家们的创作热情。于是，密室杀人等罪案侦破题材被大家争相追捧，“谋杀案”逐渐成为了每一部小说必不可少的元素。人们热衷的不仅仅是善恶的斗争，罪犯的作案手法和动机才是被关注的重点。在那段时间里，侦探小说作家们绞尽脑汁，创作出了一部部令人拍案叫绝的优秀作品，不少别具一格的侦探形象也由此而诞生，并流传于世。

《女神探希娃》系列小说的作者帕特丽夏·温沃斯，一生亲历两次世界大战，历尽人间疾苦。她的丈夫在第一次世界大战的军舰沉船中丧生。为了养活三个儿子和一个女儿，帕特丽夏拖着病弱之躯，开始废寝忘食地进行创作，没想到一举成名，家喻户晓，成为英国密室杀人小说的开山鼻祖。是她，将密室杀人小说的模式发扬光大，使它成为最引人瞩目的一种推理类型。帕特丽夏也因此成为英国推理小说界的代表人物，与“侦探小说女王”阿加莎·克里斯蒂双姝并列。《女神探希娃》是帕特丽夏最为成功的系列小说，故事情节惊险曲折，引人入胜，构思令人拍案叫绝，赢得了英国民众的喜爱，在英国媒体《每日电讯》和犯罪文学协会举办的公众评选投票中名列前茅。不仅如此，该系列小说在美国、德国、法国、荷兰、意大利、葡萄牙等国家也广为流传，并跻身于各国畅销书排行榜前列。

希娃小姐是帕特丽夏塑造得最为成功的一个人物形象，说她的影响力不亚于“神探福尔摩斯”也不为过。初次拜读该系列的原版小说时，我便对小说中那个优雅老练、有点另类还带点神经质的女侦探希娃小姐的形象产生了莫名的好感。希娃小姐只是一名普通的退休家庭女教师，却干起了私人侦探的工作。她为人彬彬有礼，讲话时总是爱引用丁尼生勋爵的诗句，看起来弱小而又无害，这恰恰成为她与受害人亲属打成一片的便利条件，情报总是来得异乎寻常的轻松。她心思极其机敏，但外表波澜不惊，喜欢在倾听与案件相关的描述时有条不紊地摆弄针线活，而往往在她眼神流转之间，案情便已见眉目。这种平和安静的气场，却暗藏着出其不意的震慑力，让她自如地奔走于警察局以及名门大宅之间。不管是谎言、伪装、杀机，还是试探，在她面前都无处遁形。

生活的百般苦难使帕特丽夏洞悉了生而为人的种种原罪——贪婪、傲慢、怨恨、残暴……因而造就了她笔下人物的血肉灵性。

如果说阿加莎·克里斯蒂是心理博弈与气氛营造的大师，那么帕特丽夏·温沃斯则是剖析人性与密室设计的专家。《女神探希娃》系列悬疑推理小说，记录了种种离奇的谋杀案件，它的主角常常是柔弱的女子，身处亲情、爱情、友情的种种旋涡之中，挣扎、徘徊、抗争。小说的背景往往设置为英国的上流社会，涉案人物大抵有着复杂的身世，特权阶层中的尔虞我诈，钩心斗角，金钱腐蚀下人性的贪婪与不堪被帕特丽夏刻画得入木三分。财富与亲情，孰重孰轻？爱情与婚姻，是否等价？情感与金钱的矛盾，人性与智慧的较量，均在作品中表现得淋漓尽致，令人读时兴致盎然，读后意犹未尽。

《女神探希娃》系列悬疑推理小说，全套共32册，由于种种原因，一直湮没在历史的长河中，未曾整体翻译引进到中国大陆，实为憾事。此次，应广州原典纪文化传播有限公司之邀，我主持翻译了《女神探希娃》系列小说中文版，并得到了贵州人民出版社策划部主任陈继光老师的大力支持，在此深表谢意。同时，也要感谢参与本书翻译的诸多译者，感谢他们为全球华文读者奉献了一套风格迥异、独具特色的推理小说典范。

让我们在美好的阅读时光中,记住这位神奇的女侦探:莫德·希娃！

郑榕玲

二〇一八年五月于广州

目录

第一章
上错车

扫码听本章节
英文原版朗读音频

希拉里·卡鲁上错了火车，此时她正想着亨利，陷入深深的痛苦中。全都是亨利的错，自己上错了车，全都是他的错，他别想推脱。她看到一个人在站台上大步流星，四处张望，那个动作和神情，必是亨利无疑，正是因为清楚地知道这一点，她才突然变得胆怯，一下子钻进离自己最近的车厢。最近的这节车厢恰好停在自己右手边，是一列火车的三等卧车。很明显，她应该上对面站台的列车。本来她应该在去往温斯莉格罗夫的市郊列车上，市郊列车每五分钟停靠一站，一共 20 个站点，然后准时到达终点站桃金娘梯田，和艾米琳阿姨一起喝茶、吃岩皮蛋糕的，结果这下可好，她却上了一辆通廊列车，时速快的不是一星半点，看起来也没有中途停靠的意思。

希拉里盯着车窗外，她看到了亨利的脸。那个下午雾气浓重，空气异常潮湿。隔着雾蒙蒙的空气，亨利也在瞪着希拉里。哦，不，说“瞪”也许不准确，因为人只有在生气时，才会“瞪”人。亨利并没有生气，他只是盯着你，就像在盯着一只蟑螂爬行，或者是在看一个非常淘气的小孩儿。但这可比发脾气更有效，你就这么被盯着，什么也做不了。希拉里的心情一下子变得烦躁不安。她气得咬牙切齿，脑海中又浮现起那次划船——那次划船他们决订婚约不再算数——亨利出奇的平静。那时他就是这么看着希拉里的。他很出众，是的，简直是鹤立鸡群。如果他要求自己不要跟巴兹尔去徒步旅行，希拉里一定会让步的；可是亨利不光命令她不要去，还拿巴兹尔说事儿，这本来就不关亨利什么事，所以才让希拉里怒火中烧。

最不能忍的是，亨利是对的——那次大吵之后，希拉里和巴兹尔去徒步旅行了，但他们的关系也没能长久。也就是在那个时候，希拉里和亨利做了个了断，她受够了对方的以自我为中心，于是愤愤地把订婚戒指扔回给他——狠狠地扔了回去。

那时亨利如果大发雷霆，现在可能俩人也讲和了，又重新互相理解对方，重新找回那份温存。可亨利一直都是冷静的——就算希拉里毁了婚约，他也是出奇地冷静！就在那时，希拉里的脑海里突然闪过了一首口水诗，那时她才六岁，给阿拉贝拉阿姨编了这个段子，现在阿姨已经不在了：

“阿姨有个长鼻子，

没人知，没人知。

阿姨有个长鼻子，

又长又尖的草莓鼻。”

其实希拉里一直不怎么喜欢阿拉贝拉阿姨，从她编了这首打油诗以后，阿拉贝拉阿姨对她也不怎么感冒了。

她诗兴又来了：

“如果亨利会发火，

我们还会分手吗？”

结果一语成谶。

现在已经分手整整一个月了。

说这一整个月都在生气，肯定不现实。希拉里的脾气是一点就着，但是来得快去得也快。快半个月时，她就觉得亨利该给自己写信、道歉了。分手第三周时，她还会查看一下邮箱。但是最后几天，少了和亨利的拌嘴，希拉里突然觉得未来全是孤独寂寞。如果还能继续生气，倒好了呢！

于是不争气的想象力又开始了。亨利的眼光穿过雾气，直达自己的内心，那眼光不再鄙夷，不再傲慢，变得柔和，变得温暖，充满爱意，充满宠溺——“再也不会了，再也不会了，哦，亨利！”突然，好像有人拿刀猛地捅了一下自己，痛彻心扉。有那么一瞬间，她真的很生亨利的气，然后痛苦吞噬了自己，她没有了怒气，全身透骨地寒冷。希拉里眼底突然刺痛——“如果你要在大庭广众之下，在火车车厢里哭的话……”

她使劲儿眨眨眼，不再看窗外。这样感觉好多了。薄雾也跟自己开玩笑——好像全世界都抛弃了自己，越是想逃避，脑海里越是出现这些事，自己什么时候才能争点儿气，别再做大笨蛋了，现在只要想想这该死的火车什么时候能停下。

希拉里上车的时候，车厢里已经坐着两个人，他们坐在里面的角落，这两人并不起眼，没有给希拉里留下很深的印象。这时，她转过身来才注意到，其中那个男士已经推开拉门，要到走廊上去了。他经过希拉里身前，然后消失在她视线里。原本坐在男子对面的女士很快从自己的座位上向外挪了挪，往前倚靠了一下，认真打量着希拉里。她是个中年妇女，看起来得了重病，戴了一顶黑色毛呢帽，穿着一件带着黑色皮毛领子的灰色大衣——显而易见，这位妇女已经不关注穿衣打扮了，但衣着讲究，不失整洁，一看就是受过教育的人。黑色帽檐下，她的头发、脸色和眼神都略显灰暗。

希拉里说："我知道不可思议，但我上错了车，麻烦您告诉我这辆车是去哪儿的——我什么都不知道。"

那女人的嗓子里突然发出一声闷响。她抬手抚在衣领上，用力扯了扯。

"雷德灵顿，"她说，"第一站雷德灵顿。"随后她又清了清嗓子，"哦，小姐，我一眼就认出你了。谢天谢地，他没认出你来！不过他很快会回来的——他不会走开的——要是他认出你的话。哦，小姐！"

希拉里觉得她的语气间既有遗憾又有反感。自己可是从来没见过她啊！难道这个女人见过自己？这就不知道了。希拉里开始思考自己在什么地方见过她，但毫无头绪可言——她们根本就不认识，这个女人一定是疯了。真希望那个男士快点儿回来，因为如果这个妇人是个疯子，自己可是正好坐她旁边啊——

“恐怕……”她礼貌地开口，但随即就被女人打断了，女人又向前倾了倾身子。

“哦，小姐，我们不认识——因为我能看出你的疑惑。不过你一进来我就看到了你，我一直希望能和你说说话。”

她戴着黑色手套，十指交叉，因为手指修长，所以指尖伸在外面。但互相交叉的手指扭曲着，粗细不均，并攥得紧紧的。希拉里盯着这双手，略显恐惧，这种感觉就好像眼睁睁看着什么东西因为痛苦而变得扭曲。

她开口说：“拜托……”

女人的声音急促单调，随着喘息声，突然一阵猛抽气，但没有咳出来。

“其实庭审开始的时候，我在法庭上看到你了。你是跟格雷女士一起来的，我跟旁人打听你，他们说你是她的堂妹卡鲁小姐，从那时起，我就知道你了——希拉里·卡鲁小姐。”

希拉里感到恐惧，不由得打了个冷战。杰弗里·格雷的案子就像个噩梦一样笼罩着她，而这个女人当时竟和那些可怕、变态的人们一样，在眼睁睁地看着他备受煎熬，眼睁睁看着马里恩垂死反抗——这个该死的女人，就因为她认得自己，就可以刺探、戳中她的痛处，问这样的问题。她怎么会有这么大的胆子？

希拉里不知道自己的脸色有多么苍白，也不知道自己眼中的怒火有多么强烈，妇人松开双手，举起来直摇。

“哦，小姐——别！哦，看在上帝的分儿上，别这么看着我！”

希拉里起身，她想去别的车厢。要不是这女人没做出出格的事，她不知道自己会怎样。希拉里不想从她身边经过，但是只要能躲开她，怎么都行。

就在手放到推拉门上时，女人紧急抓住了她的裙摆。

“哦，小姐，其实我是想问格雷女士的事情。我想你应该会知道。”

希拉里低头看着她。她那原本无神的双眼慢慢恢复正常。抓住自己裙摆的手在颤抖，希拉里能感觉得到。她本来想抽身离去，但是好奇心驱使她留了下来。虽然只有22岁，但是希拉里一眼就能看出谁碰到麻烦了——她就是从杰弗里·格雷的案子里学到这一点的。这个女人遇到麻烦了。于是她停止推门：

“你想知道关于格雷女士的什么事？”

女人立马松手，坐回到座位上。她尽力让自己平静下来，尽力保持一个正常的语调。

“只是想知道她是个什么样的人——她现在怎么样。不是因为好奇，小姐。她应该记得我，我一直想着她——哦，上帝呀，好多次我因为思念她而半夜里醒来。”

说罢，她再也控制不住自己，浑身颤抖，啜泣起来，身体也随着前倾。

“哦，小姐……如果你知道！”

希拉里坐下来。如果这个可怜的妇女只是想知道马里恩的事，那自己应该告诉她。她看起来疾病缠身，这种悲痛绝不是装出来的。于是她的语气极尽温柔：

“抱歉，我刚才太冲动了。我以为你也是那群麻木的人里其中的一个，是去看热闹的，不过，如果你认识马里恩，那就不一样了。她……她特别勇敢。”

“她的表现让我震惊——事实上，小姐，最后一天的时候，我真的不知道如何承受了，真的。我想偷偷看她，小姐，虽然不曾说过一句话，但是我真的尽力想去看看她。我趁他不备时溜出来四处张望，想看她在哪儿，但他们不让我进去，说她谁都不见，她正在休息……”她突然停住了，嘴巴半睁着，看起来倒不像是为了缓一口气。然后，她低声耳语，几乎看不到嘴唇在动，“要是她能见我就好了……”女人把目光移到希拉里身上说，她的声音因为恐惧而加快，“她没见我。她在休息——这是那些人告诉我的。然后他过来了，我就再也没有机会了——因为他监视着我。”

希拉里没有回应，但这件事让她觉得自己有必要做点儿什么。于是她还是用跟之前一样温柔的语气说：

“能告诉我你的名字吗？知道你问候她，格雷女士一定很高兴。”

女人戴着黑色手套的那只手放到头上。

“我忘了，你还不认识我。我一直急着说自己的事情。我应该一见到你就早些告诉你的。因为我一直都很喜欢格雷女士，我想知道这么多年来她过得怎么样，还有她的孩子，都好吧，是吗？”

希拉里摇了摇头，“可怜的马里恩——那个孩子已经不在了。”

“不，”女人说，“她的孩子没有了？怎么会这么突然？”

她的双手再次紧握在一起。

“我真的不知道。我也不知道该问谁。”

“你还没有告诉我你的名字。”

“不。”女人说，然后开始急促地喘息。

“哦，他马上就回来了！哦，小姐……杰弗里先生……你能告诉我他是否有消息吗？”

“他还好，”希拉里说，“被允许写信了。今天格雷女士会去看望他。等我回去，我就能知道情况了。”

说这话的时候，希拉里已经不再看那个女人了，可以说压根儿也没想到她。此刻她心里五味杂陈，容不下他人。杰夫在服刑——每次马里恩去探视，都是鼓足勇气才有力量前去……她怎么能受得了。杰夫曾经是她生命的全部，马里恩那么爱他，从今以后却要生活在杰夫是个杀人犯的阴影下，从此对他闭口不提……即使说出“我受不了了”，又能怎样呢，生活还在继续，也只能继续，你只有接受，不管愿不愿意。

有个男人从走廊一头走近，推开了拉门。希拉里站起来，那个男人站定了给她让路。她在走廊里尽可能地走远一些，站在那里，望着窗外薄雾迷蒙里呼啸而过的树影、田地和路障。

第二章

初露端倪

“你看起来很累。”希拉里说。

“是吗？”马里恩·格雷漠然地回应。

“是的，而且看起来很冷。这个汤不错——真的。我加热之前都已经结冻了，但是如果你不赶紧喝的话又要凉了，不冷不热的东西可不好。”希拉里的声音轻柔但焦急。

马里恩颤抖着，喝了一两口汤，就放下了勺子。好像她从思绪中抽离出来一会儿，又陷入了沉思。她仍然穿着外出的衣服——棕色花呢大衣是她的嫁妆，棕色羊毛贝雷帽是艾米琳阿姨给她织的。大衣已经十分破旧了，但不管马里恩穿什么，都能凸显她高挑曼妙的身形。她太瘦了，但就算她骨瘦如柴，身姿仍十分优美。她深色的头发沾染了雾水，贝雷帽戴得比较靠后，灰色的眼眸恍惚中带着悲伤和疲倦，但她仍然美得出众。

“喝完它，亲爱的。”希拉里说。

马里恩又多喝了一点儿汤，暖和了一点儿。她把汤喝完，身体向后倚去。希拉里是个善良的孩子——善良到点好炉火等她——给她准备好热汤——摊了鸡蛋。她只得把鸡蛋吃下去，唯有吃下去，才不会辜负希拉里的一片好心。

“水已经加热了，亲爱的，所以你可以去洗个热水澡，然后好好地睡一觉了。”

“过一会儿吧。”马里恩说。她躺在铺有印花棉布的单人沙发上，看着那弱小却缓缓燃烧的火苗。

希拉里正在洗碗，在公寓的客厅和小厨房间来回穿梭。明亮的印花棉布窗帘已经拉上了。炉子上面的架子上摆放了一排颜色不一的瓷质鸟儿——蓝、绿、黄、棕……其中玫红色、鸟喙向前伸出的那只，杰夫起名叫索菲。每一只都有自己的名字。不管买了什么东西，杰夫总是要给它起个名字。他最后一辆车叫塞缪尔，这些陶瓷鸟儿的名字分别是奥克塔维厄斯、利奥诺拉、厄门佳德、索菲和伊拉兹马斯。

希拉里端着一个托盘从厨房里走出来。

“现在想喝茶吗？还是等一会儿睡觉的时候再喝？”

马里恩起身。

“过会儿吧，你真的太贴心周到了。”

希拉里长舒了一口气。这意味着马里恩恢复了，别人是无法真正触及她的悲伤和痛苦的。所能做的也就是小心翼翼，并试图给她温暖，让她吃点儿东西，全心全意地爱她。但如果她慢慢恢复过来，开始说话，就说明她好多了。希拉里松了一口气，红晕慢慢回到双颊上，眼睛又开始闪闪发光。希拉里就是这样的人。刚才她看上去有点儿苍白，对什么东西都不上心，眼神就像是个被遗弃的孩子，在努力表现、讨好别人。现在她又回复了往日的活力。希拉里说，“这是我愿意做的——你知道的。”

马里恩微笑地看着她。

“那你为自己做了什么呢？你去看艾米琳阿姨了吗？”

“没有，其实我去了，亲爱的，但我没找到。我就是个傻子，上错了火车，那是个专列，第一站就已经是雷德灵顿了，所以回程又花了我好几个小时，我就不敢再往温斯莉格罗夫去了，因为我怕你会比我早到家。”

“你真是个好姑娘，”马里恩说出了自己的心声，随即又说，“艾米琳阿姨一定会大惊小怪的。”

“我已经给她打过电话了。”

希拉里走过来，坐在壁炉前的地毯上，双手环住膝盖。一头棕色短发微微卷起。她的身形很轻巧。环住膝盖的双手很小，却结实能干。她的嘴唇通红，上唇弯曲，下唇饱满。希拉里拥有小麦肤色，鼻子像婴儿的一样小巧，眼睛清澈透亮，不管是兴奋、高兴还是生气时，健康的小麦色皮肤上就会出现红晕。她的声音很甜美，回头率很高，但她是个好孩子，漂亮、热情、大方。为了马里恩·格雷，不管让她做什么，她都在所不惜。杰弗里像个哥哥一样对自己那么好，她从来都没有这样一个大哥。于是她下定决心要给马里恩温暖，让她愿意说说话。

“虽然坐错了火车，但是也有新的收获。一开始我以为自己遇到个疯子，没想她竟然是你的朋友，亲爱的。”

马里恩笑了，希拉里竟有一种胜利的激动。她正在走出来——正走出来。于是她尽可能地把故事描述得更刺激。

“嗯，是这样的，因为看见了亨利，我就刚好冲进了一节车厢……”

“哦——”马里恩说。

希拉里一个劲儿点头。

“我就看着这个 11 英尺的大高个儿，他目的性特别强，没法说。我想他应该见过他妈妈了，她一定是告诉亨利这次究竟避免了多大的灾难，从一开始她就觉得我不是个好妻子的人选，绝对不会像她伺候亨利他爸一样伺候亨利。”

马里恩明显不信，她不置可否地摇摇头。希拉里做了个鬼脸，赶紧说下去。

“我只要一想到坎宁安女士可能成为我的婆婆，我就不寒而栗，放了我吧！我想一定是我的守护天使为了救我，故意安排了那次划船的。”

马里恩又摇了摇头。

“亨利不会让你经常见她的。”

希拉里脸红了，下巴抬得高高的。

“亨利不会？”她说，“什么意思，亨利不会的？我们已经完全解除婚约了，我才不管他到底喜欢什么，不喜欢什么呢。你看，你总不让我把故事讲完，这个故事真的是惊险刺激。我提到亨利的唯一原因就是因为我的性格非常直率，从不藏着掖着，因为这个故事，我必须解释一下为什么我会突然上错了火车，乃至开车了我都不知道这列车要去哪里，直到在路上，我才发现是一个通廊火车，于是明白自己做了件大蠢事。我就问坐在靠近走廊角落位置里的妇女，一开始她说这列火车的第一站是雷德灵顿，然后她突然紧握双手，说从我一上车就认出了我。”

“她是谁？”

“亲爱的，我不知道。但你应该能认得，因为她真的很急切地打探你的消息。起初我以为她只是好奇，因为她说过在法庭上她见到我跟你在一起——我想一定是艾米琳阿姨心力衰竭的那天下午，因为我只有那时候在现场——当然，我一下子就被激怒了，起身准备换个车厢，因为她阴魂不散地一直问问问，让我烦得不行。后来我发现她不是那样的。”

“为什么？”马里恩的声音有些紧张。

“她抓住我的衣角，我能感觉到她在颤抖。看起来痛苦不堪，显得很绝望——不像那些看热闹的人那样幸灾乐祸。而且她说只是想知道你怎么样了，因为她一直很喜欢你，然后……嗯，事情就是这样。”

直到很晚，希拉里才发觉，她应该一直将亨利作为话题，因为她两次中断了自己的故事，结果都一样，她的冒险故事根本没法让马里恩把思绪拉回来，但现在她只能继续讲下去，因为马里恩一直追问：“她是谁？”

“我真的不知道，亲爱的——我告诉过你了。我认为她很古怪，因为她的说话方式特别奇怪。还有一个男人跟她一起。他离开车厢从走廊走远了——就在我看到亨利的时候，不，是看到亨利之后——这个老妇人讲到他也是非常奇怪的语气，就像感谢上帝一样，感谢他终于走了，因为她一直在暗暗祈求能有机会和我说话。她一直战战兢兢，你知道吗？双手扭在一起，抚着衣领，平复呼吸。”

“那她长什么样子？”马里恩缓缓地问道。她把头抵在手上，长长的手指盖住了眼睛。

“嗯——就像艾米琳阿姨家的蒂德玛什女士一样——你知道吗，每次伊莱扎放假她就会来赐予恩惠的那个人。不是很像，但是像一个家族的——浑身无力、受人尊敬的样子，一直叫我‘小姐’。蒂德玛什女士说一句话就能讲两次，我保证这个可怜的女人也这样。”

“中年？”

“感觉生来如此。你知道蒂德玛什女士——浑身一副老做派，真想象不到她还有年轻时的样子。就像她的穿戴一样——根本看不出衣服穿旧了，因为也想象不到它们崭新的时候是什么样。”

“我想不到这有什么用，”马里恩·格雷说。然后她又开口，“那她想知道什么？”

“关于你——你是怎么过来的，你是不是一切都好，还有……还有关于杰夫……”她犹豫了一下，“马里恩，她说了一个非常奇怪的事情。我不知道我是否应该……”

“没关系，告诉我。”

希拉里一脸疑惑地看着她。那才是上错这趟火车最糟糕的经历，因为你根本不知道在知道这件事以后会发生什么。

“嗯，我希望她没有恶意。她说她努力去找你了，案件正在进行的时候。她说趁他不注意的时候想去你住的地方，但他们当然不让她进。但她悄声说了些像‘如果他们怎样怎样’这类的话，我都没有听清，因为她有时喘不上气，气若游丝，但听起来像是。不，她说的就是‘我没有见到她’，然后说‘要是我怎样怎样’或者之类的话。在我不能给出确切答复的时候，她就会很激动。”

希拉里的声音变得不确定，慢慢地，声音越来越小。有什么事发生了。气氛变得很奇怪，这种奇怪来自马里恩，她既没有动，也不说话。只是坐在那里，手遮住眼睛，但这种奇怪的气息是由她而起的，弥漫了整个房间。

希拉里尽力在忍耐。然后，她摊开双手，摸索到膝盖上，这时马里恩起身，走到窗边。那儿有一个橡树箱子，放在窗边可以当个座位，正对着房间的前侧，镶嵌着很多东西，顶部散落着绿色和蓝色的垫子。马里恩随手把它们扫到地板上，打开盖子，取出一本相册。她没有说话，只是走过来坐下，开始翻页。

不一会儿，马里恩就找到了，她把这页给希拉里看。那是在一个花园里抓拍的照片。有一个玫瑰拱门，百合花为底，花瓣向后弯，画面里还有一张茶几，人们正在喝茶。马里恩也在照片里，正在向一个长着浓密八字胡的长者微笑。

希拉里从来没有见过詹姆斯·埃弗顿，但他脸上的每一道线条都让人倒胃口。一年前英国所有的报纸都是关于他的消息和照片，也就是那时杰弗里被控告谋杀。

照片里没有杰弗里。因为照片是他拍的，马里恩的微笑就是为了他。但照片里还有第三个人，一个女人，倾身在茶几上放置了一盘烤饼。马里恩面对着镜头。她的右手端着一个盘子，看上去好像有人刚和她说过话或者叫过她的名字。

希拉里扫了一眼后说：

“哦，对，就是她！”

第三章
崩溃

空气好像突然凝固了。希拉里看着这张照片，马里恩看着希拉里，扯出一个惨白苦涩的微笑。

“这是梅塞女士，”她说，“詹姆斯的管家。”她把相册拿回来，打开，放在膝盖上，“要不是因为她，杰弗里可能已经无罪释放了，就是她的证词左右了这个案子的天平。她哭了，你知道吗，她一直在哭，毫无疑问，就是这点决定的。如果她是怀恨在心或铁石心肠，也不会伤害杰夫那么深，但她抽泣着发誓，她听到杰夫和詹姆斯在为遗嘱争吵，她故意诅咒他。能证明詹姆斯已经死了的证据只有一个，就被她抓住了。”马里恩的声音突然中断了。过了一会儿，她的语气透着疑惑，“我一直认为她是一个很好的女人。她做了那些烤饼招待我。她好像挺喜欢我的。”

希拉里穿着高跟鞋坐在后面。

“她说她一直都喜欢你。”

“那她为什么要这么做？为什么？我以为自己瞎了，以为自己很蠢，我甚至一点儿都没有察觉，她竟然会这么做。”

“是啊，为什么呢？”希拉里说。

“她在撒谎，但她为什么要撒谎？她明明很喜欢杰夫。她给出了不利于他的证词，仿佛她很痛苦——这才是最致命的。但她为什么要这么做呢？这就是我不能，也无法得出的答案。当杰夫到达时，詹姆斯已经死了。我们经常一起去。8 点的时候，詹姆斯打电话给他。我们吃完晚餐，他就直接过去了——哦，你已经听过不下一百遍了，但重要的是，这是真的。詹姆斯确实打电话给杰夫叫他过去，他直接去了帕特尼，就像他在证词里说的一样。他当时就站在那里，挂了电话，然后跟我说：‘詹姆斯想马上见我。他听起来急得像热锅上的蚂蚁。’然后他吻了我就跑下楼去了。他到那儿的时候，詹姆斯已经死了——伏在他的写字台上，手枪就在一边。杰夫拿了起来，哦，他要是不拿起来就好了！他说他完全不知道发生了什么，直到他发现枪就在自己手里。他跑去花园门口，什么人都没有，只有詹姆斯的尸体，手枪在一边儿，他捡了起来。然后梅塞夫妇就来了，敲门、门被反锁了。希拉里——谁会把门锁上？门是从屋里反锁的，钥匙也在屋里，手枪上只有杰夫的指纹，钥匙和门把上也只有杰夫的指纹，因为梅塞夫妇敲门时，他去给他们开门了，于是他转了钥匙开门让他们进来，发现是梅塞夫妇，然后梅塞就说，‘哦，天哪，杰夫，你都干了什么！’”

“不要！”希拉里说，“不要再说了，亲爱的——再讲也于事无补了。”

“如果有什么我可以做的，你认为我还会坐在这里只是这样讲吗？”马里恩用低沉的声音说，“梅塞说就在一分钟前，除了可能是爆胎或摩托车回火的声音外，自己没有听见任何声响——当时他正在储藏室清洁、整理玻璃和银器。当时——他正在整理的东西都弄好了，这些东西就在他手上。但是梅塞夫人在楼上给詹姆斯整理床铺，说当她走过大厅的时候，听见书房里有非常响的声音。因为觉得害怕，所以她跑去听，然后发誓她听到杰弗里在里面与詹姆斯争吵。然后她发誓听到了枪声，于是尖叫着跑去找梅塞。”马里恩起身，相册掉到地上，在希拉里腿边随意地摊开。

突然一个优雅的转身，马里恩把椅子往后推了推，开始来回走动。她脸色惨白，希拉里很害怕。疲惫的气息变成了一种无处安放的痛苦。

“我一遍一遍地重复、重复。我重复着，直到我可以说到睡着，直到它再也无法影响我，再也没有任何意义。在法庭上是这样的——只是一个噪音——只是只言片语。那个女人哭着发誓，就把杰夫的人生毁了，没有任何原因，没有任何动机——没有任何人有动机杀死詹姆斯。只有杰夫，当詹姆斯把新的遗嘱告诉他，什么都不会再留给他时，杰夫就失去了理智，恼羞成怒——希拉里，不是他，不是他干的！我发誓他没有！他们做了很多关于杰夫暴躁脾气的证词，但我发誓，他绝不会这么做！詹姆斯把他养大，让他做继承人，他没有道理突然变卦。他没有道理把他带进事务所，答应让他合伙，然后再变卦，除非他是故意这么做的。但杰夫是绝不会碰他的——我知道他不会的。他甚至都不会打他，根本不可能开枪杀了他。”马里恩不再在窗前来回踱步，她面向窗外，沉默无语。然后她开口说，“不可能——除非这是个噩梦——但这个噩梦怎么还没有醒？而且——有时候——我——甚至感觉——我——开始——相信了。”

希拉里说：“不！”然后就开始哽咽。

马里恩转过身。

“那为什么詹姆斯改变主意，立了另一个遗嘱？他为什么要把一切都留给伯蒂·埃弗顿？对伯蒂·埃弗顿，他从没给过好评价，他喜欢杰夫。前一天，他们一整天都在一起，没发生任何争吵——什么都没发生。第二天，他就推翻了遗嘱重立新的，当晚8点，他叫杰夫过去，结果杰夫发现他已经死了。”

“你不认为……”希拉里说。

“除了思考，我什么都做不了——我已经快疯了。”

希拉里激动得发抖。她和马里恩住在一起将近一年了，从来没有听马里恩讲过案子的情况。她将这个案子的一切深深地锁进自己心底，从未忘记，但也从来没有谈起过。

而且希拉里对这个案子总有让人意想不到的想法。如果马里恩能够谈论这个案子，打开她一直紧闭的心门，让希拉里这些让人眼前一亮的想法，照亮她心里的黑暗，嗯，那么她相当肯定，一定能够找到不为人知的地方，将整件事情梳理清楚。

“不——不——亲爱的，听我说。马里恩，求你了——你难道不认为是什么人伪造了遗嘱吗？”

马里恩站在那个箱子前，侧身转向房间，勉强扯出一声苦笑。

“哦，希拉里，你太天真了！你觉得这点别人没有想到吗？你觉得还有什么是没被想到的呢？他径直开车到银行，在经理和其中一个职员的见证下办理的。”

希拉里说：“为什么？我的意思是为什么他没有让梅塞夫妇去帮他办呢？一般人不会自己去银行签署遗嘱。”

“我不知道，”马里恩疲倦地说，“不管怎么说，他自己去办了。梅塞一家也不能帮他签署，因为他们也分到了遗产。詹姆斯委派他的律师当面销毁了旧遗嘱。然后，又让律师起草了新的。他们一起去银行，詹姆斯在那里签署的。”

“那伯蒂·埃弗顿呢？”希拉里问。

“在爱丁堡。他乘夜车去的。”

“那也就是说，前一天白天他也在？”

“哦，是的——他也去了帕特尼，见到了詹姆斯——事实上还和他一起吃了饭。但这也找不出什么线索啊，除非是说了什么或者做了什么让詹姆斯改变主意——改了遗嘱。他向来不喜欢伯蒂，但一个半小时里他就改变了主意，把所有的钱都留给他。在旧遗嘱里我也是能分到 1000 英镑的，但他最终连这也去掉了。伯蒂的兄弟——弗兰克，总是接受詹姆斯救济，连一份养家糊口的工作都保不住，也被从遗嘱里剔除了。本来在旧遗嘱里，会继续接济他。他确实道德败坏、居无定所，但他和伯蒂、杰夫一样，也是詹姆斯的侄子，詹姆斯也一直打算帮助他的。他常说弗兰克有自由散漫的毛病，但他不像讨厌伯蒂一样讨厌弗兰克。他最厌恶的就是伯蒂——但现在却把所有的钱都留给了他。”

希拉里把双手撑在身后的地板上，靠在上面。

“他为什么那么讨厌伯蒂？伯蒂怎么了？”

马里恩快速但古怪地耸了耸肩。

“没什么。这就是惹恼詹姆斯的原因。他曾说伯蒂在他的人生中从没有想过为他做点儿什么。你知道吗，他一有点儿钱就会挥霍一空，收集瓷器、弹钢琴、约女孩儿跳舞，对她们的妈妈、姨妈、祖母言听计从，从来没有人看到他跟男人说话。詹姆斯听说他正在给一套路易十五时期的椅子绣椅套时，他马上就特价买过来了——其实，杰夫和我当时以为他会大发雷霆的。”

“马里恩，你是怎么知道詹姆斯死的时候，这个伯蒂在苏格兰的？”

“他坐的夜车。当时住在爱丁堡的喀里多尼亚酒店。他下楼来见詹姆斯时，已经在那儿待了几天了，没人知道为什么。他见了詹姆斯后，又回到房间去了。服务生说他在酒店里吃了早饭和午饭，午饭后他投诉自己房间里的电话铃声出现故障，下午 4 点的时候，他提出正在等一个重要电话。”马里恩抬起手，放在木箱的盖子上，“你看——他有不在场证明。詹姆斯的死亡时间是 8 点一刻，除此之外——伯蒂——如果你认识他的话……”

“我是在怀疑另一个人，”希拉里说，“弗兰克，他居无定所、道德败坏。”

“我想，这也不成立。”马里恩说，“弗兰克那时在格拉斯哥，他的不在场证明比所有人都完美，因为正好在6点左右，他收到了自己的补贴金。詹姆斯通过一个格拉斯哥的律师每周一付，因为不管有多少钱，弗兰克都会在一周时间内挥霍一空。他说自己当天6点前刚刚收到钱，6点1刻才从办公室离开，所以我觉得他不可能去杀詹姆斯。如果真是他干的就好了——可惜，并不是。”

“那凶手是谁呢？”希拉里还在思考。

马里恩站在原地不动。对于希拉里的问题，她似乎已经麻木了。有生命的地方就有呼吸，有呼吸的地方总会有动静。马里恩似乎已经停止了呼吸。有那么一段可怕的瞬间，希拉里真的以为她没了呼吸。她睁大眼睛，盯着马里恩，发现马里恩现在也不确定了——不确定杰夫是否清白。她深爱着杰夫，但她也已经分不清杰夫有没有杀詹姆斯·埃弗顿。这让希拉里大惊，不知所措。她向后靠在手臂上，直到麻木，失去知觉。

马里恩打破了寂静。她突然转身，好像突然间这些年所有的痛苦和坚强的自控也瞬间崩塌。她说：

“我不知道——没人知道——也许永远都不会知道。我们只能继续这样下去，永远不知道真相。我25岁了，杰夫28岁。也许今后的50年，我们都只能这样下去了——50年。”她的声音突然降到冰点。

希拉里把麻木的手臂解放出来，从地上站起来。

“马里恩，亲爱的，不要这样！生活不是这样的，你知道的，他们是罪魁祸首。”

“25 五年，” 马里恩的声音痛苦不堪，“25 年啊，美好的东西都会被消耗殆尽。就算是 25 年——20 年。你不知道一年对他来说意味着什么。如果他们直接杀了他也一了百了。但他们现在正在慢慢地杀死他，每天一点点，直到 20 年后，他就死了。我知道，那时，他心里不会留存任何事，也没有爱。只有一具叫杰弗里·格雷的躯体，因为他身体强壮，肉体不会死。只是我的杰夫，现在正一点点毁灭——现在——就在我们交谈的此刻。”

“马里恩！”

马里恩把她推开。

“你不知道这是什么感觉。每次我一想起，‘我现在要接近他，一定要接近他——这次谁都不能阻止我见他。有看守也不要紧，任何事情都不要紧——我们会再次团聚——这是唯一重要的事情。’但是，当我到了那里……”马里恩做了一个绝望的手势，“我们并不在一起。我靠近不了他——触摸不到他——他们不让我靠近他——不让我亲吻他。如果我能伸出手臂搂住他，我就能让他回来。他要我离开他——他在疏远我——我却什么都做不了。”她扶着椅背靠在上面，浑身颤抖，“试想 20 年后，他出狱时，相当于行尸走肉！你能给一个死人做什么？到那时，他活着也跟死了无异，而我会是什么样子呢？也许我也就生不如死了。”

“马里恩——马里恩——别这样，求你了！”

马里恩从头到脚都在颤抖。

“不，不会有好结果的，不是吗？只能眼睁睁地看着这样继续。如果我的孩子没有死……”她不再说话，直起身，把手放在自己脸上，“我永远都不会有自己的孩子了。他们在杀害杰夫，也杀了我的孩子。哦，天哪——为什么会发生这种事？以前我们多么幸福！”

第四章
卷宗

扫码听本章节
英文原版朗读音频

希拉里从半梦半醒间醒来，听到客厅的时钟敲了 12 下。她本打算等马里恩睡着了再睡觉的，所以感到非常鄙视自己，因为自己竟然打盹了。感觉就像是自己先逃入一个梦境，徒留马里恩自己一个人醒着，心情低落一样。但或许马里恩也睡了吧。

她蹑手蹑脚地起床，赤脚走进浴室。因为马里恩房间的窗户和浴室的窗户并排。如果左手搭在毛巾架上，向右侧倾身探出浴室的窗户，右手就能碰到马里恩的窗台。然后只要努力伸长脖子，就能侧耳听清马里恩是否睡着了。希拉里以前就这么干过，但从未被抓到过，落下的窗帘会挡住她。数不清多少个夜晚，她听到马里恩叹气、哭泣的声音，却不敢去打扰她，但为了陪她，希拉里会尽量保持清醒，思考关于马里恩和杰夫的爱情和这件痛苦的事。

但今晚马里恩睡着了。房间里安静得能听到她微弱但平稳的呼吸声。

希拉里轻巧地转身，完美地回到房间。一阵寒意让她打了个冷战，她迅速蹦回床上，找衣服披在身上。现在她终于可以睡个安稳觉了。

自己还是个小女孩儿的时候，脑海里就有一个超级清晰的入睡流程图。有一个睡眠国，还有一个清醒国。睡眠国周围有一堵高墙。除非能找到一扇门，否则就进不去，没有人能确定会找到那扇门，所以每次入睡都是一次冒险。有时打开了一扇非常沉重的房门，房间里面空空如也。有时像可怜的马里恩一样，根本就找不到门，只能沿着高墙摸索、徘徊，每走一步都越来越累。希拉里对此几乎没有什么经验。基本都是在她的手指摸索到门闩前，大门就向她打开了，所以她入睡很容易。

但今晚她却睡不着了。天气很冷，希拉里把自己埋在了毯子里。突然她感觉到一阵燥热，一把就把毯子推开了。枕头太高不舒服——太低又不舒服——这枕头太硬了。然后，等她觉得自己终于安静下来了，鼻子就开始痒起来了。

突然她的耳边响起一个声音，就像有人在隔壁听留声机一样——这样的声音可能不至于一下子就把人逼疯，但却消磨人的意志，因为你根本没法完全弄清楚这首曲子。一圈，一圈，又一圈，希拉里脑海里回转着留声机的样子。但她无法将所有细小的东西穿起来。她了解到了关于埃弗顿谋杀案和杰弗里・格雷一案判决的所有细节，但这些细节彼此间联系不到一起，也没有任何意义。

她不在乎别人说什么，因为她根本就不相信杰夫枪杀了自己的叔叔。

希拉里一次次把枕头放平，对自己说不数到 100 绝不动，但不一会儿，她的鼻子再次发痒，一撮儿头发进了耳朵，她压着的手臂好像被针扎一样。她掀开毯子，坐了起来。睡不着，倒不如干脆起床做点什么。她觉得此时最好趁马里恩睡着了，到客厅里去，找出压在箱子底的关于案子的卷宗，仔细阅读一遍。马里恩醒来之前，她可以从头到尾把卷宗读一遍。她想再看一遍梅塞夫人的证词，她想再读一遍讯问记录，因为她那时和亨利在热恋，他俩跟亨利的堂兄弟们去了提洛尔，所以错过了审判，后来他们还订婚了。

她披上睡袍，穿上拖鞋，踮着脚尖穿过走廊，关上起居室的门。希拉里打开两盏灯，找出了文件。然后，她坐在大扶手椅上，开始阅读埃弗顿一案的所有卷宗。

詹姆斯·埃弗顿被杀的时间是 7 月 16 日，星期二晚上的 8 点到 8 点 20 分之间。8 点时，他还活着，当时，他给杰弗里打了电话，但 20 分钟后，他被杀了，此时杰弗里去开门，梅塞夫妇冲进了书房。梅塞夫人说她刚刚听到了枪声，她赌咒发誓说："我一直在楼上给埃弗顿先生整理床铺，穿过大厅时，我听到了书房中的声音。听起来好像有人在争吵。我不知道有人来找埃弗顿先生了，所以我吓坏了，就走到书房门口去听。我听出了杰弗里·格雷的声音，所以就走开了，因为我觉得如果是杰弗里先生就没什么事。然后，我突然听到一声枪响。我尖叫一声，梅塞也从茶水间跑了出来，他本来在那里清洗银器。他使劲儿敲门，但门被锁上了。然后杰弗里先生打开门，他手里拿着一把手枪，埃弗顿先生倒在办公桌上。”

死因裁判官质问她认出格雷先生的声音时是否听清了他在说什么，梅塞夫人显得非常激动，并表示自己宁愿不说。她被告知必须回答问题，于是她突然泪流满面，说是关于遗嘱的事。

死因裁判官：“请详细描述你听到了什么。”

梅塞夫人流着泪：“没听到，我不能说。”

死因裁判官：“没人让你说这个。我只想知道你听到了什么。”

梅塞夫人：“我没法详细描述——我只能听到是他们的声音，好像是关于遗嘱的事。”

死因裁判官：“关于遗嘱的事，但你不知道的是什么？”

梅塞夫人开始歇斯底里地哭泣：“是的，法官大人。”

死因裁判官：“请给证人一杯水。现在，梅塞夫人，你说你听到了书房里的声音，认为有人在书房里发生了争执。你说你听出了杰弗里·格雷的声音。你确定那是格雷先生的声音吗？”

梅塞夫人：“哦，法官大人，我不想说杰弗里先生是凶手。”

死因裁判官：“你确定是他的声音？”

梅塞夫人又开始啜泣：“哦，是的，法官大人。哦，天哪，法官大人，我不知道我是不是昏倒了——枪声响起的时候声音特别大，即使是在门外也特别大。所以我就尖叫起来，梅塞就赶紧跑了过来。”

梅塞夫人的证词特别致命，再加上阿尔弗雷德·梅塞关于听到枪声和妻子尖叫声的供词，就更加雪上加霜了。他试着开门，发现门锁了，当格雷先生开门时，手里正持着一把手枪，埃弗顿先生被枪杀后倒在书桌上。

死因裁判官：“是这把手枪吗？”

梅塞：“是的，法官先生。”

死因裁判官：“你之前见过它吗？”

梅塞：“是的，先生，这是格雷先生的手枪。”

希拉里因为愤怒，心脏怦怦直跳。为什么对一个如此无辜的人要这么邪恶？为什么杰夫只能坐在那里，眼睁睁地看着这如此黑暗的一幕发生在自己面前？起初他一定认为没人相信，后来只能眼睁睁地看着大家开始相信了。他必须眼看着大家一个个对他报以畏惧的眼神，相信就是他杀了自己的叔叔，他们因为钱的问题发生了争执。

有那么一瞬间，这种畏惧也触动了希拉里。不，这不是真的。就算别人相信，希拉里也不相信。梅塞夫妇在撒谎，为什么？他们有什么动机？他们有一个好的工作环境和可观的收入。为什么梅塞要杀自己的老板？因为这就是事实。如果他们在诬蔑杰弗里·格雷，那么一定是为了掩饰自己。根本没有什么动机可言，根本就谈不上动机。他们有一份无需担心的工作。詹姆斯·埃弗顿的新遗嘱，就是在他死亡当天的早晨签署的，这就完全清楚了。他们夫妇获得的遗产和旧遗嘱里是一样的，每年每人能得到 10 英镑。他们已经工作了一年多——第二次支付还没到期。真的会有人愿意放弃好工作、好前景，为了讨价还价而杀人吗？就为了夫妻两人的 20 英镑？

希拉里坐在那里思考着……有可能。金钱和舒适的工作并不是所有。嫉妒、憎恨和仇恨才是黑暗的动机，在这种动机的驱使下，安全感和个人利益可能会受到威胁。但一定是有动机的，只是还没有被发现。希拉里把卷宗放到一边，开始思考。

她读了杰弗里的证词，令人心碎。自己的叔叔在当晚8点给自己打电话。其他提供证词的人都称呼埃弗顿为“死者”，或者“埃弗顿先生”，只有杰弗里称他为“我的叔叔”。整个供词的过程中，他自始至终称呼为“我的叔叔”——“我的叔叔在晚上8点钟打电话给我。他说，‘是你吗，杰弗里？我需要你现在过来一趟，我的孩子。’他听起来非常心烦。”

死因裁判官：“他在生气吗？”

杰弗里·格雷：“不——不是跟我生气——我不清楚。他听起来很激动，但肯定不是针对我，不然他不会喊我‘我的孩子’。我说，‘有什么重要的事吗？’然后他说，‘我不能在电话里说。我想让你过来一下——越快越好。’然后他就挂了。”

死因裁判官：“你去了吗？”

杰弗里·格雷：“是的，马上就出发了。路上大概15分钟。我沿住宅门前的马路走到头坐的公交，不到15分钟就到了。”

死因裁判官：“梅塞夫妇说你并没有按门铃。他们说前门锁了。你没有从那儿走吗？”

杰弗里·格雷：“那天晚上天气很好，而且我知道书房的窗子是开着的——实际上是扇玻璃门，朝着花园开的。如果我叔叔在家的话，我都是从那儿走的，因为我要见他。”

死因裁判官：“你有这样的习惯去见他？”

杰弗里·格雷：“常常去。”

死因裁判官：“你结婚前都跟他一起住在索尔威山庄吗？”

杰弗里·格雷：“是的。”

死因裁判官：“我一定要问你，格雷先生，你和叔叔的感情亲近吗？”

此时证人表情沮丧。他声音低沉：“非常亲近——我们有很深的感情。”

死因裁判官：“从没吵过架？”

杰弗里·格雷：“没有，从没有。”

死因裁判官：“那你怎么解释他更改了遗嘱，你本来可以受益的，现在新遗嘱里没有你的名字了？”

杰弗里·格雷：“我无法解释。”

死因裁判官：“你知道他7月16日早晨重立遗嘱了吗？”

杰弗里·格雷：“我是现在才知道的——之前不知道。”

死因裁判官：“你去见他的时候也不知道？”

杰弗里·格雷：“不知道。”

死因裁判官：“那他把本来你可以受益的遗嘱作废，你发誓，格雷先生。你还是坚持说你不知道他改了遗嘱吗？”

杰弗里·格雷：“我不知道。”

死因裁判官：“他在电话里没说这件事吗？”

杰弗里·格雷：“没有。”

死因裁判官："那你去帕特尼之后呢？"

杰弗里·格雷："我去帕特尼之后，他就死了。"

死因裁判官："你是在8点20分的时候到达索尔威山庄的吗？"

杰弗里·格雷："大约是那个时间前后。但我并没有看时间。"

死因裁判官："这栋房子占地两英亩，这么快就能到吗？"

杰弗里·格雷："是的。"

死因裁判官："你能告诉我们怎么进去的吗？"

杰弗里·格雷："我在前门下车，但我没有从前门走——我从右边绕着房子走。书房在后面，有一扇玻璃门向花园方向开着。那扇门大敞着，跟我想的一样。"

其中一个陪审员："窗帘是拉上的吗？"

杰弗里·格雷："哦，没有。光天化日，天气很好，也很暖和。"

死因裁判官："继续，格雷先生，你进入书房之后……"

杰弗里·格雷："我进了书房。我希望我叔叔见我，但我却没看到他。房间里比室外光线暗了不少。我被什么东西绊了一下，看到脚边有一把手枪。我什么都没想就捡起来了。然后就看到了我叔叔。"

其中一个陪审员："一开始你说光天化日，现在又说房间里光线暗。我们还想继续听你说。"

杰弗里·格雷："我没有说房间里光线暗。我是说比室外要暗。外面天很亮，我在房子外面时眼睛被阳光闪到了。"

死因裁判官："继续，格雷先生。你说你看到了埃弗顿先生……"

杰弗里·格雷："他倒在书桌上。我以为他昏倒了。我走近他，发现他已经死了——是真的死了。然后我就听到一声尖叫，有人试着开门。我发现门被反锁了，里面插着钥匙。我就打开了门。门外是梅塞夫妇。他们看上去好像觉得我杀了叔叔。”

死因裁判官：“手枪还在你手里吗？”

杰弗里·格雷：“是的——我已经忘了这回事了。”

死因裁判官：“是这把枪吗？”

杰弗里·格雷：“是。”

死因裁判官：“这把枪经证明是你所有。你有什么可说的吗？”

杰弗里·格雷：“枪是我的，但已经有一年不在我手里了。结婚时，我把它留在索尔威山庄了。当时有好多东西我都没带走。我们住在一间公寓里，很拥挤，根本没有地方放这些东西。”

陪审员：“我们想知道为什么你会有枪？”

杰弗里·格雷：“两年前吧，我叔叔给我的。我当时要去东欧旅行。据说那儿有土匪强盗，于是他让我带着枪防身。但我从没用过它。”

死因裁判官：“你枪法准吗？”

杰弗里·格雷：“很一般。”

死因裁判官：“用靶子吗？”

杰弗里·格雷：“用。”

死因裁判官：“你能在房间里射杀一个人吗？”

杰弗里·格雷：“我从没试过。”

死因裁判官：“格雷先生——你在从家里出发进入房间之前，

有遇到过什么人吗？”

杰弗里·格雷：“没有。”

死因裁判官：“你听到枪击的声音了吗？”

杰弗里·格雷：“没有。”

死因裁判官：“你到达书房的时候，听到了什么，看到了什么吗？”

杰弗里·格雷：“没有。”

为什么那天傍晚天气不错，他路上却什么人都没遇见？凶手不可能走远。为什么杰夫却连凶手的影子都没有看见……为什么？因为他被保护起来了，杰夫根本就不可能见到他。因为他知道杰夫要来。因为他知道，詹姆斯·埃弗顿给杰夫打了电话，一刻钟左右就能到索尔威山庄，所以凶手有15分钟的时间杀死詹姆斯·埃弗顿，离开案发现场。所以杰夫当然没看到任何人——凶手对一切了如指掌。但梅塞夫妇一定听到枪声了。早在梅塞夫人下楼，在大厅里尖叫，梅塞从清洗银器的茶水间出来之前，枪就响了。马里恩说过他在清洗银器，但他并没有离开茶水间，梅塞夫人也没有尖叫，直到杰夫进入书房，并拿起了那把手枪。

关于手枪，有很多的技术证据。枪杀詹姆斯·埃弗顿的子弹当然发射出去了。杰夫的指纹在扳机上，也是当然的。他捡起了那把手枪，不是吗？但手枪上除此之外再没有其他指纹，所以不可能是自杀。就算杰夫没有那稍显笨拙的证词：自己是因为被手枪绊倒才看到的。审讯中关于这个的记录有很多，她记得，因为玻璃门离书桌有 8 到 9 英尺的距离，詹姆斯一定是被一击毙命的。所以就算排除不利于杰夫的证据，那么詹姆斯也是被谋杀的。

希拉里深吸一口气。

梅塞夫妻一定在撒谎，因为在杰夫和真正的凶手之间他们做出了选择。但陪审团选择了相信他们，不管是在询问还是审判阶段。

希拉里读了马里恩的证词……什么也没发现。只有几个问题和回答。但希拉里脑海里马上浮现出一张马里恩站起来，宣读誓言，回答这些问题的画面。她和杰夫一直以来都那么恩爱幸福。他们的幸福就像一盏闪亮的灯，无论他们去哪里，都能让其他人也感受到幸福。但是在那拥挤阴郁的法庭上，灯渐渐灭了。那天室外阳光普照，天气炎热——报纸上的报道也持续升温——但在那可怕拥挤的法庭上，马里恩和杰弗里亲眼看着灯光灭了。

死因裁判官:“你的丈夫在 16 日晚上接到电话时，你在场吗？”

马里恩·格雷：“是的。”

死因裁判官：“你注意时间了吗？”

马里恩·格雷：“是的——当时刚好时钟响了八下。他等到钟声响完才接起电话。”

死因裁判官：“你听到什么了吗？”

马里恩·格雷：“我听到埃弗顿先生让我先生去索尔威山庄。”

死因裁判官：“你的意思是你能清楚地听到埃弗顿先生说了什么？”

马里恩·格雷：“哦，是的，我清楚地听见了，他想让我先生马上去见他。他还特地强调，‘马上，我的孩子。’我先生问他有什么事，他说，‘我不能在电话里说，我想让你马上来一下。’之后我先生就挂了电话，告诉我，‘是詹姆斯。他想让我现在过去一下。’我对他说，‘我知道，我听见了。’我先生说，‘他听起来很沮丧，不知道怎么了。’”

之后又被问到手枪的事。马里恩说自己从没见过这把枪。

死因裁判官：“你不知道这是你丈夫的东西吗？”

马里恩·格雷：“不知道。”

死因裁判官：“你们结婚多久了？”

马里恩·格雷：“一年零一周。”

死因裁判官：“这期间你从没见过这把枪？”

马里恩·格雷：“没有。”

死因裁判官：“从结婚以后你们就住在现在的公寓了吗？”

马里恩·格雷：“是的。”

死因裁判官：“你们住在莫兹利路的公寓里？”

马里恩·格雷：“是的。”

死因裁判官：“从结婚后就住在那儿？”

马里恩·格雷：“是的。”

死因裁判官：“公寓大吗？”

马里恩·格雷：“不大，非常小，只有4个房间。”

死因裁判官：“如果手枪在家里，你应该能看见吧？”

马里恩·格雷：“如果在家里，我一定会发现的。”

死因裁判官：“有没有上锁的橱柜或者盒子？”

马里恩·格雷：“没有。”

死因裁判官：“你一直没看到过手枪？”

马里恩·格雷：“之前从没有。”

之后死因裁判官就让她离开了。

希拉里又翻开一页。

第五章
希拉里的推测

之后询问了伯蒂·埃弗顿。

死因裁判官："你是伯特伦·埃弗顿？"

伯特伦·埃弗顿："哦，是的，当然。"

死因裁判官："你是死者的侄子？"

伯特伦·埃弗顿："哦，是的。"

死因裁判官："你最后一次见他是什么时候？"

伯特伦·埃弗顿："好吧，你知道的，就在案发前一晚我刚跟他一起吃了饭。最离奇的是，你知道吗，我们俩不是天天都会打电话、见面。但是确实是这样……"

死因裁判官："你是说你跟自己叔叔关系并不好？"

伯特伦·埃弗顿："哦，好吧，我知道我不该一下扯那么远。但是我俩还是不见面为妙。"

死因裁判官：“你们经常发生冲突吗？”

伯特伦·埃弗顿：“当然不，我不经常跟别人吵架的。”

死因裁判官：“也许你跟他有分歧？”

伯特伦·埃弗顿：“只是人生观不同罢了。我叔叔是个生意人，真诚、勤恳的生意人。我私下收藏瓷器。我们对这件事就达不成共识。”

死因裁判官：“但是你在前一晚，也就是15日，星期一晚上，跟他一起共进晚餐了？”

伯特伦·埃弗顿：“是的——我已经告诉你了。”

死因裁判官：“你原来一直在苏格兰吗？”

伯特伦·埃弗顿：“在爱丁堡。”

死因裁判官：“你从苏格兰远道过来，就为了跟一个不怎么亲近的叔叔吃晚饭？”

伯特伦·埃弗顿：“哦，得了吧——这么说多难听！也不全是这样。”

死因裁判官：“那请你告诉我们实际情况，埃弗顿先生。”

伯特伦·埃弗顿：“好吧，是这样的，我喜欢收集瓷器，我在爱丁堡的时候也会各处踅摸，你懂吧？好东西不可能总遇到，只是有时候能碰到，对吧？我没找到自己喜欢的东西，但是我知道在镇上有个收集罐子的家伙，叫怀特。”

死因裁判官：“这跟案子有关吗？埃弗顿先生？”

伯特伦·埃弗顿：“对，我不应该说这个，但是你很好奇，是不是？”

死因裁判官："也许你能尽可能简短地告诉我们，为什么从爱丁堡过来见你叔叔。"

伯特伦·埃弗顿："好吧，这才是重点，你知道——我不经常来见我叔叔的。我是为了来见那个收集罐子的家伙——我跟你说了他叫怀特吗？因为，你看，我是冲着一套叫'世界大战'的托比风格的罐子来的，他们是按照那些将军们的原型做的——你不知道吗？一共就一套，很有意思，如果你真的感兴趣，就会志在必得，你知道吗？那个家伙想把这套罐子卖给城堡博物馆，所以我得先下手为强，你知道吧，所以我来见他了，明白了吗？"

死因裁判官："你见到他了吗？"

伯特伦·埃弗顿："没见到。他飞去巴黎了，所以我马上就给詹姆斯叔叔打电话，提议一起吃晚饭了。"

死因裁判官："你刚才刚说过你们最好离得远远的，怎么又提出要一起吃饭了？"

伯特伦·埃弗顿："好吧，我是这么说过，你可以说我闲得没事干了。白吃顿饭，小范围的家庭聚会，类似这样的，你不明白吗？"

死因裁判官："你跟死者没有什么其他的事要谈？"

伯特伦·埃弗顿："嗯，有我哥哥的救济金问题，你不知道，他一直接受詹姆斯叔叔的救济，似乎还有种想刺激他多加点儿救济金的计划，所以我说看看可以做点儿什么——这样的事情我是不是也有机会啊。"

死因裁判官："那么，你跟你叔叔一起吃了晚餐。那你跟他谈了你哥哥的救济金问题吗？”

伯特伦·埃弗顿：“其实，这不是我应该先提出的话题。我说，‘关于弗兰克救济金的事儿，詹姆斯叔叔……’然后他说，‘我想我又要重复一遍了。’”

死因裁判官：“这件事对他修改遗嘱有没有什么关系？”

伯特伦·埃弗顿：“我想你可能觉得有，因为他跟我诅咒可怜的老弗兰克，你知道吧，还说他最好快点儿找到份工作，因为如果他出什么事的话——就是我那个叔叔——可怜的老弗兰克会发现他分不到一分钱，因为他——我叔叔，你知道吗——他妈的要更改遗嘱，把他觉得装模作样的人都踢出去，这些人本来觉得会受益，不到一天就发现自己大错特错了。我确实也吓了一跳，我说，‘话不能说得太过火，叔叔！可怜的弗兰克的死敌怎么能说他是个伪君子呢。’然后他表情不悦地看了我一眼说，‘我不是说你弟弟弗兰克。’”

死因裁判官：“也就是说他告诉你要改遗嘱了？”

伯特伦·埃弗顿：“呃，看起来就是想谈这个，你明白吧。”

死因裁判官：“他有告诉你打算对你的受益做出更改吗？”

证人犹豫不决。

死因裁判官：“你必须要回答这个问题。”

伯特伦·埃弗顿：“你不觉得这个问题很难回答吗？”

死因裁判官：“很抱歉你必须回答。被害人是否告知你的受益做出了更改？”

伯特伦·埃弗顿：“也不全是，你明白吧。”

死因裁判官：“他说了什么？”

伯特伦·埃弗顿：“嗯，如果你真想知道的话，他说如果要在一个油嘴滑舌的小人和一个该死的笨蛋之间选一个，他会选那个笨蛋，你明白吧。”

（法庭现场爆发出一阵笑声。）

死因裁判官：“你认为这是在说你自己？”

伯特伦·埃弗顿：“嗯，好像他就是这个意思啊，你说呢？”

死因裁判官：“你觉得他是要做出一个对你有利的遗嘱？”

伯特伦·埃弗顿：“呃，我不这么觉得，你明白吧。我就是觉得他可能会跟杰弗里吵一架。”

死因裁判官：“他是这么跟你说的吗？”

伯特伦·埃弗顿：“不——就是给我这么个印象，你明白吧。”

希拉里的双颊因为愤怒而燃烧。如果这次判决是公正的，他怎么可以在法庭上说这些。在死因裁判官询问时什么话都说，这个该死的伯蒂竟敢提起杰夫和他叔叔吵架。从一开始，就没有任何证据显示他们有过争吵，但是这个说辞却从始至终都被大家相信了。他们读了伯蒂·埃弗顿的证词，相信杰弗里·格雷和叔叔詹姆斯·埃弗顿吵了一架后，叔叔于是想把他踢出遗嘱，不让他再受益，这也是他改遗嘱的原因。陪审团也是基于此，对杰弗里·格雷谋杀叔叔的案子做出了审判。一旦一句说辞被大众接受，就很难再翻身了。伯蒂·埃弗顿毫无缘由的这个说辞，毫无疑问左右了法官们的审判。

希拉里又翻了一页。她读的是部分报纸上的报道，以及部分转记的笔录。当她翻开这页，发现了一张伯蒂·埃弗顿的照片——《伯蒂·埃弗顿先生离开庭审现场》。庭审时，希拉里见过他，回忆起来就像是一场噩梦。她使劲儿盯着看，但也并没有太多发现。伯蒂不高不矮，没什么显眼的特点，头发有点儿长。照片拍得不太清楚，而且所有照片都是黑白色的。她只是记得伯蒂·埃弗顿的头发是红色的，他头发很浓密，而且挺长的。

希拉里继续往下读证词。

伯蒂·埃弗顿说他搭乘从爱丁堡发往国王十字车站的直达列车，在15日下午5点半到达，和詹姆斯·埃弗顿用餐后，他又搭国王十字车站16日凌晨1点30分的火车，早晨9点36分回到了爱丁堡。他直接去了喀里多尼亚酒店，吃了顿早午饭，就去补觉了。他大费周章地解释了一番自己在火车上如何如何失眠。下午1点30分在酒店用过午饭，开始写信。一封写给自己的兄弟，一封写给怀特，就是那个他提到过的拥有一套托比罐子的人。在这期间，他还投诉过自己房间的电话铃声出了故障。下午4点以后，出门散步，顺便去酒店办公室问有没有找自己的电话留言。因为他觉得那个怀特会联系自己。回宾馆后，就上床睡觉了。但是很快就醒了，因为自己不太舒服。晚餐不想吃，所以没进餐厅。回房后叫了一点儿饼干，吃了一两片饼干，喝了瓶酒，就睡觉去了。他没有注意到那时是几点——可能是晚上8点左右，没仔细看。因为不太舒服，只想赶紧睡觉。等他再醒来的时候，就是第二天一早客房女服务员来送早茶了。因为他要求了9点的叫早服务。被问到离开酒店去了哪里时，他表示自己真的不能说。他只是在四处搜罗、散步，还喝了两杯。

伯蒂·埃弗顿的证词就结束了。

下面是安妮·罗伯逊的陈述副本，她是喀里多尼亚酒店的客房女服务员。并没有说明这段陈述是否被纳入了问讯，只是一段陈述而已。

安妮·罗伯逊说，在7月16日之前的三四天里，伯蒂·埃弗顿一直住在酒店。他应该是在11日到13日之间入住，自己也说不清具体是哪天，但是办公室一定会有记录。她记得7月16日那天，伯蒂的房间号是35号。据她说，埃弗顿先生那天投诉了房间里电话铃声有故障，虽然看起来好像没什么问题。她回答会过去检查一下，因为埃弗顿先生说铃声时断时续。这件事大约是当天下午3点左右。那时候他在房间里写信。当晚8点半左右打了客房服务电话，也是安妮接的，埃弗顿先生说需要一些饼干，还说自己不太舒服，打算睡觉了。安妮送来了饼干，觉得他喝了酒会更不舒服。于是第二天一早她又送了早茶来，那是7月17日星期三上午9点。他看起来一切正常，只有自己一个人。

希拉里把这份声明读了两遍后，又开始读伯蒂·埃弗顿的证词。他在下午4点左右离开酒店，8点半的时候打了客房服务电话。他也可能是乘飞机去往克罗伊登，并在8点到达帕特尼地区，至少希拉里是这么认为的。不过他不可能在当晚8点半时又回到酒店叫饼干，还抱怨自己不舒服。詹姆斯·埃弗顿在8点时还没有被害，给杰夫打了电话。不管是谁开枪，都不会是侄子伯蒂，8点半时他还叫了饼干。

希拉里有些懊恼，但打消了对他的怀疑。如果是他干的，那真是漂亮极了，可惜他根本做不到这么完美的犯罪。

另一个侄子弗兰克·埃弗顿没有被传讯。马里恩的陈述里表示，他每周会从格拉斯哥一位律师那里收到自己的救济金，当天下午5点45分到6点15分这半个小时的时间里，他正在领取救济金，这在另一份书面表格里已经被证实。约翰斯通和麦克坎德利什公司的罗伯特·约翰斯通先生证实，7月16日星期二下午的这个时间段，当时他正与弗朗西斯·埃弗顿先生交谈，他们很熟。他付给弗兰克2英镑10先令，他还出示了弗朗西斯·埃弗顿先生的收据。

希拉里带着极大的惋惜，排除了弗兰克·埃弗顿。虽然他道德败坏、居无定所、游手好闲，但绝对不是第一嫌疑人。即使爆出他拥有私人飞机这样的家庭丑闻——也不可能是他干的。他需要私人机场——不，两个私人机场，两个地方各有一个。她戏谑地想，害群之马乘坐他位于约翰斯通和麦克坎德利什公司门前的私人飞机，从格拉斯哥宽阔的主路上滑行、起飞，飞往帕特尼，滑翔降落到詹姆斯·埃弗顿的后花园——没有引起丝毫注意。这是一幅极具诱导性的画面，但它属于《一千零一夜》《十日谈》，或者类似的幻想。这不可能成真，也不会左右法庭的裁决。

矛头再次指向梅塞夫妇。如果杰夫说的是真的，那么梅塞夫妇在撒谎。杰夫当然说的是真话。她相信杰夫。如果他说8点20分他到达时詹姆斯·埃弗顿死了，他一定是死了。那么梅塞夫妇关于争吵和枪击的证词就是谎言。如果杰夫到达时，埃弗顿已经死了，那么她就不可能听到杰夫与他叔叔的争吵，她也不可能听到枪声。不，梅塞女士在说谎，这就是为什么她在火车上吓坏了，甚至快窒息了，因为她心里有鬼，她问心有愧。

那她为什么要这么做？

很简单，是梅塞杀了他的主人。为了保住他的脑袋，她才撒谎，太邪恶了，为了救她丈夫，她就要栽赃给杰弗里。

做戏做全套。希拉里觉得她本不必做这么彻底。她昧着良心做的坏事雪上加霜。一个女人的证词，表现得那么伤心，人们怎么会不信？嗯，这就是真相——阿尔弗雷德·梅塞杀了詹姆斯·埃弗顿，梅塞夫人撒谎来掩盖真相。

她翻开下一页，凝视着——汤普森夫人的证词。她几乎忘了汤普森夫人。不仅仅是伯蒂和弗兰克·埃弗顿有不在场证明，他们都有——梅塞夫妻也有。汤普森夫人给他们作证，证明无罪。有一张她的照片，好像格伦迪夫人的照片一样，高大、肃穆、厚重，就像英国宪法一样不近人情。她是邻居约翰·布莱克尼先生家的女管家，在那里服务了25年。约翰先生不在家，梅塞夫妇邀请了她来吃晚餐。7点半过后，她一直在厨房里，直到出事。这期间，梅塞先生一直在茶水间清理银器，要不就是在厨房里和她跟梅塞女士一起忙。索尔威山庄的房子很老了，茶水间和厨房通着。她发誓梅塞一直没进入房间。出事后，他从厨房跑到大厅，自己一直跟在后面，在那里发现书房的门打开着，梅塞女士在哭喊，格雷先生手里拿着手枪。

死因裁判官：“你听到枪响了吗？”

汤普森夫人：“没有——我耳聋，先生。”

死因裁判官："那你听到梅塞夫人尖叫了吗？"

汤普森夫人："没有，先生，我什么都没听到，因为两扇门都关着。"

死因裁判官："厨房到大厅有两道门？"

汤普森夫人："是的，先生——厨房的门，还有一层厚毛毡。"

死因裁判官："梅塞夫人和你在厨房里？"

汤普森夫人："是的，先生。"

死因裁判官："她说她上楼去给埃弗顿先生铺床，到报警之前，时间多长？"

汤普森夫人："我想也就是 5 分钟左右，先生，不是很久。"

死因裁判官："还有一件事我需要搞清楚。阿尔弗雷德·梅塞在现场吗？我需要再见一下他。"

阿尔弗雷德·梅塞被带到。

死因裁判官："在所有的证词中，没有提到埃弗顿先生吃晚饭的时间。他几点吃晚饭？"

梅塞："8 点到 8 点半之间，先生。"

死因裁判官："你的意思是每天都不一样？"

梅塞："是的，先生。如果天气好，他会一直待在花园里。"

死因裁判官："那案发当晚他吃晚饭了吗？"

梅塞："没有，先生，当晚定的是 8 点半吃晚饭。"

死因裁判官："我需要再见一下梅塞夫人。"

梅塞夫人被带进来。

死因裁判官："7 月 16 日，埃弗顿先生的晚餐定在 8 点半？"

梅塞夫人："是的，先生。"

死因裁判官："你做的饭吗？"

梅塞夫人："是的，先生。"

死因裁判官："晚饭预定 8 点半，但是 8 点 15 分你却上楼去给他铺床。这不是有点儿反常吗？"

梅塞夫人："是的，先生。菜都凉了，先生。"

死因裁判官："你是说你没做饭？"

梅塞夫人："不是的，先生。所有的菜都准备好端到餐厅了，只有我做的布丁还在冰镇。"

死因裁判官："我知道了，谢谢，梅塞夫人，可以了。好了，汤普森夫人，我们再梳理一下。你发誓 7 点半到 8 点 20 分之间，阿尔弗雷德·梅塞一直在茶水间和厨房待着，这也是出事的时间？"

汤普森夫人："是的，先生。"

死因裁判官："这是房子的草图。这证实了你的陈词，从茶水间出来，必须经过厨房。据我所知，茶水间的窗户被钉死了。所以再无其他路线。7 点半到 8 点 20 分之间，你发誓一直待在厨房里？"

汤普森夫人："是的，先生。"

死因裁判官："你发誓阿尔弗雷德·梅塞那时候没有从厨房经过？"

汤普森夫人："他进了厨房，先生，但是我耳朵快聋了，他必须走到我跟前儿我才能听见他说的什么。但是他除了回茶水间，并没有去别的地方。"

死因裁判官："我明白了。当时你们在交谈吗？"

汤普森夫人："是的，先生。"

死因裁判官："梅塞女士也一直在那里，直到去铺床才离开？"

汤普森夫人："我想她去了餐厅一次，先生。"

死因裁判官："什么时间？"

汤普森夫人："大约 8 点左右，先生。"

死因裁判官："她离开了多久？"

汤普森夫人："也就几分钟。"

死因裁判官："她看起来和平常一样吗？"

汤普森夫人："也不是，先生，不能说完全一样。她牙疼得厉害，可怜啊。这也是梅塞进来跟我说话的原因——他说要带梅塞夫人去看牙医，但是劝不动她。'这是什么道理，'他说，'疼得掉眼泪，为什么不去拔了它？'"

死因裁判官："我知道了。所以梅塞夫人因为牙疼在哭？"

汤普森夫人："一直在掉眼泪，真可怜。"

汤普森夫人的问话结束。

第六章
可怜的杰夫

之后是尸检报告、刑侦报告，还有遗嘱。尸检报告显示：詹姆斯・埃弗顿被一击毙命。他的左侧太阳穴被射穿。法医于 8 点 45 分到达现场。他表示根据分析，埃弗顿先生被击中后就不能动了。所以也就不可能把手枪放到格雷先生所说的捡起手枪的位置，更不可能扔过去。他被击中后一定是身体前倾，马上毙命。射击距离至少在 3 英尺之外，可能更远。再连同手枪上没有他的指纹，就可以排除自杀的可能。确切的死亡时间很难确定，但 8 点时他还活着是无疑了。

死因裁判官：“你见到他时他已经死了 45 分钟了？”

“有可能。”

死因裁判官：“不会更长吗？”

“我想不会，但也说不好。”

死因裁判官：“8点20分的时候他可能还活着？”

“哦，是的。”

类似这样的记录很多。在这一报告中，希拉里认为尸检报告只能说明时间问题。从医学角度讲，詹姆斯·埃弗顿可能是在8点20分被射杀，也就是梅塞夫妇听到枪响的时间，或者跟杰夫通完电话到这个时间之间。警察说他们到达时前门上了锁，除了餐厅的窗户上部开着以外，底层所有窗户都是紧闭的，窗户都非常厚重，不好移动。

汤普森夫人回忆说，报警后梅塞夫妇并没有靠近门窗。梅塞进入书房，确认埃弗顿先生已经死亡，就去打电话报警，但是格雷先生从他手里拿过听筒自己报了警。梅塞夫人坐在楼梯的最后一阶上哭喊：“吓死了，吓死了。”她确定没有人从门窗进入。

死因裁判官对陪审团做出陈述，从案子的一开始到结束，很明显他相信是杰弗里杀了自己的叔叔。

“这个家庭像成千上万的普通小康家庭一样。詹姆斯·埃弗顿先生是名特许会计师，也是一家老牌公司的唯一合伙人。他的侄子——杰弗里·格雷先生也涉及这项业务，而且他告诉我们希望能够成为合伙人。一年前，他还没结婚时，一直住在帕特尼地区的索尔威山庄。员工包括阿尔弗雷德·梅塞和他妻子，以及一名日常帮佣艾希莉，由于她每天6点左右就下班了，所以并没有传唤她。梅塞夫妇也认同案发当日她也是这个时间下班的。汤普森女士是约翰·布莱克尼先生的管家，住在萨德伯里山庄，就在索尔威山庄隔壁，她已经在那儿住了25年了。她的证词的重要性我就不再赘述了，我们应该相信她，也没必要怀疑——问讯的时候，她说阿尔弗雷德·梅塞没有离开厨房，一直就在厨房和茶水间之间清洗银器。如果他离开了厨房，汤普森夫人一定会看到。所以，如果相信她的证词，那么阿尔弗雷德·梅塞就洗清了嫌疑。8点20分的时候，就像他自己说的那样，听到了枪声和妻子的尖叫。于是他就跑去大厅，看到了妻子害怕的样子。他试着开门，但是发现书房的门锁了。后来格雷先生从里面打开门，手里拿着手枪，埃弗顿先生倒在书桌上，已经死了。汤普森夫人跟在梅塞后面，也证实了此事，但是她耳朵快聋了，所以没听到枪声和尖叫声。所以据此，我认为可以排除阿尔弗雷德·梅塞的嫌疑。”

“我们现在来看汤普森夫人与梅塞的妻子有关的证词。梅塞女士确实离开过厨房两次，一次是‘大约8点’。汤普森夫人没法给出确切时间，但她说离开的时间‘不超过两三分钟’。肯定地说，格雷夫妇在8点时接到埃弗顿先生的电话，就这一点，我认为值得相信。格雷先生当晚8点接到叔叔的电话后，前往索尔威山庄，这毫无疑问。8点时，电话接通了。另外，梅塞夫人临时离开厨房也无关紧要。她说她端了一些盘子去餐厅，这也没什么值得怀疑的。

“我想现在要特别注意梅塞夫人第二次离开。第一次离开后，过不久，也就是8点15分，她再次离开厨房，并表示要去为埃弗顿先生整理床铺。这是第一个疑点，因为主厨怎么会在一位商务人士正餐前的 15 分钟，腾出时间来上楼去整理床铺呢。她解释是由于天气炎热，埃弗顿先生要求冷餐，而且已经在餐厅布置好了，这一点得到了警方确认。他们还指出，埃弗顿先生的床确实被整理好了。现在我觉得，你们要着重关注这里的时间点。如果怀疑梅塞女士，那必须假设她去楼上，履行了自己的职责，又带着那把格雷先生发誓一年前就留在索尔威山庄的手枪下了楼，但梅塞夫妇否认知道这把枪？好，我们再假设，她给子弹上膛，并把它拿到楼下，然后进入书房，再进一步，杀了她的雇主。还必须想象她反锁上门，把自己的指纹擦掉——因为在手枪上只发现了格雷先生的指纹，然后从玻璃门逃离案发现场。她必须在 5 分钟内完成这所有的事，还要再回到房间里。如果你能相信这个神经兮兮、紧张异常的女人是这起谋杀的主谋和凶手，犯罪后冷静地删除所有痕迹，那还有一个问题，就是她如何再回到房里。前门被锁上并上了螺栓，底层所有的窗户都被固定，只有餐厅顶部的两扇窗户开着。警方的报告表明，从外面不可能推开这些窗户的下半部。后门也被锁上了。汤普森女士表示她进来后钥匙被动过了，而警察发现门是锁的。我已经详细地陈述了这一切，因为我想，很明显，梅塞女士没有嫌疑。尽管关键时间点，她从厨房离开过两次，但是就像我已经表述过，从身体角度看她不可能犯罪后再回到屋里。书房的门一直锁着，直到格雷先生从里面打开。他自己证实钥匙插在门上。梅塞女士不可能从这扇门通过，并从里面锁住。

“我们现在转向伯蒂·埃弗顿的证词。我不需要再重申这一证据的重要性。伯蒂·埃弗顿证实，前一天晚上，也就是 7 月 15

日星期一，与他的叔叔一起吃了晚饭，詹姆斯·埃弗顿先生告知他，他将更改遗嘱。他转述的内容，让伯特伦·埃弗顿理解为自己将成为其中一个受益人。现在我将给你们读一下这部分笔录的证词。”

“他告诉你将变更遗嘱了吗？”

“呃，没说清楚。”

“他说了什么？”

“如果你真想知道，他说的是在一个油嘴滑舌的伪君子和一个该死的傻瓜之间，他会选那个傻子。”

“你认为这是说你自己吗？”

“呃，好像是这样的。”

“所以你认为他会将你列为受益人？”

“呃，我不这么认为，你知道吧。我只是觉得他会跟杰弗里吵架。”

“他跟你这么说的吗？”

“不是——我就是有这么个印象。”

“现在，证据确凿。事实上，7月16日上午——也就是伯蒂·埃弗顿与詹姆斯·埃弗顿谈话后第二天上午——詹姆斯·埃弗顿告知律师更改遗嘱。这在布莱克特先生的证词中也得到证实，他接到电话指示，立刻把埃弗顿先生的遗嘱带来索尔威山庄。他发现自己的客户情况不太好。在他看来，埃弗顿先生严重休克。他形容埃弗顿先生毫无生气，面色苍白，十分衰弱，精神高度紧张。他的手在颤抖，看起来好像一直没睡觉。没有任何解释，就撕毁了旧遗嘱，扔到壁炉里烧了，旧遗嘱下的主要受益人是杰弗里·格雷，其他受益人还有格雷太太、弗朗西斯·埃弗顿先生、梅塞夫妇。烧毁了遗嘱，埃弗顿先生指示布莱克特先生起草一份新遗嘱。在这份新遗嘱里，杰弗里·格雷的名字没有出现。格雷夫人的名字也被取消了，弗朗西斯·埃弗顿也不会收到任何遗产。对梅塞夫妇的遗赠没有改变，其余的财产留给伯蒂·埃弗顿。注意，这与他证词中表述的前一晚与叔叔的对话一致。

“在一宗谋杀案中，会将最主要的受益人视为嫌疑人。但在此案中，伯特伦·埃弗顿先生没有嫌疑，凶杀案发生时，他人在爱丁堡，而且他也没有动机。因为就算他理解他叔叔有意让他受益，他也不可能知道这份遗嘱实际上已经签署了。喀里多尼亚酒店的雇员证实，他当时人在酒店，晚些时候吃了早餐、午餐，以及下午大约 3 点、4 点都出现过，16 日晚上 8 点 30 分、17 日早上 9 点也都有证人，因此，很难把他与犯罪联系起来。

“我们现在来看杰弗里·格雷的证词。他否认由于更改遗嘱或出于任何原因和他的叔叔发生争吵，但是詹姆斯·埃弗顿确实更改了遗嘱。布莱克特先生的证词证实詹姆斯内心十分沮丧。当新遗嘱拟定好后，他在布莱克特先生的陪同下驱车前往银行签署。银行经理办公室中，有经理和一个银行职员见证。请注意这一点，埃弗顿先生没有受到胁迫——所有行为皆为自愿。他把其中一个侄子从继承人中删去了，并把他的所有财产留给另一个侄子。但被从遗嘱中剔除的侄子——杰弗里·格雷发誓他不知道这件事，并发誓说与他叔叔的关系没有变僵。

“我们继续看他的证词。他说，叔叔 7 月 16 日晚上给他打的电话。格雷女士也证实了这一点。电话铃响了，格雷先生被要求去索尔威山庄。他说这是亲情的召唤。但这距离埃弗顿先生更改遗嘱只过去了几个小时，但他仍发誓这通电话热情、友好。他发誓自己抵达索尔威山庄时，发现他的叔叔已经死了，手枪就放在敞开的玻璃门边。他捡起来后，听到了梅塞女士尖叫，走到书房门发现门被反锁了，钥匙插在上面，于是他开门，发现了大厅里的梅塞等人。”

希拉里不再读下去。杰夫——可怜的杰夫！这是诅咒！怎么能这样解读证词？陪审团在做什么？他们退庭 10 分钟商议，而这 10 分钟里，所有人都知道他们会判决——杰弗里·格雷蓄意谋杀。

希拉里合上卷宗。她没心思再读下去了。审判也只是陈词滥调——只是证据更加严苛，但还是同样的证词，陈述更长，情况更加残酷。她当时全读了。陪审团离庭半小时商议，而不是 10 分钟了。他们做出同样的裁决：

杰弗里·格雷蓄意谋杀。

第七章
同一个夜晚

客厅的钟敲了三下。希拉里睡着了，她的头歪在椅背上，卷宗仍然沉重地压在她的膝盖上。灯光映照着她的脸。印花棉布窗帘上的鸟儿和花朵鲜艳明亮，但希拉里面色苍白，睡得很熟。光线照在她紧闭的眼睑上，她并没有看到，现在她心里只有杰弗里和马里恩的惨剧，她的睡眠之城那些城墙上的城门打开了，她畅通无阻。

她来到一个奇怪的地方。非常奇怪的地方，逼仄狭长、黑暗阴郁的通道弯弯曲曲，因为在梦里，黑暗中她仍然看得见通道的墙壁，上面全是黑色的镜子。她能从中看到自己，她的左右两侧各有一个自己。但当她一点点往里走，镜中的反射也开始改变，不是一下子，但是慢慢、慢慢改变，直到左右两侧不再是自己，而成了两个陌生人。要是能抬起头，她就能看见他们的模样，但她却做不到。一阵寒冷的恐惧让她心惊肉跳，她的后颈一僵。她感觉像个迷失的孩子，再也不想做这样的梦了。她心中有什么东西在融化，为亨利哭了，因为在她的梦里，她忘记了亨利的坏，只记得他会保护自己。

灯光照在她紧闭的双眼上，因为这个梦泪水不断涌出，顺着她苍白的脸颊滑下来，弄湿了印花棉布，被蓝鸟的羽毛和玫瑰色的花瓣吸收。其中一滴流进了她的嘴角，苦涩的味道进入梦境。

隔壁房间，马里恩·格雷在黑暗中睡着了。她没做梦。白天一整天，她都戴着一张勇敢的面具面对外界。她要养活自己。她是个模特，每天的工作就是站台、走秀，穿着装模作样的衣服，这些衣服有的好看，有的不好看，但出奇的贵。她修长优美的线条，和她是杰弗里·格雷妻子的事实，给了她关注度。她每天都在忍受着这种眼光。她通过一个朋友——哈利特·圣·加斯特，找到这么一份工作，哈利特坦诚地告诉她，“你要改名。当然，名字会让你更出名。我是在冒险——不过，这个机会也许很可观，对于我的老客户来说，我认为不错。不过如果不理想，我也不能留你。我要冒很大的风险。”风险本身会说话。她获得了生计，努力工作。明天，她会回到哈利特的公司——改名瓦尼亚。今晚，她不再是马里恩·格雷。她沉浸在恍惚中，失去了自己，失去了杰弗里，甚至失去了总是让自己内心冰凉的悲伤。

杰弗里·格雷也睡了。他躺在狭窄的小床上，就像自己还是个婴儿的时候，妈妈在一旁看着自己；就像他躺在学校那坚硬的床上；就像黎明时分，马里恩在月光倾泻的夜晚看着他，一只手挽着他的头，另一只手放在他的下颌。他睡着了，梦到自己被关起来，所有的一切都被切断。他虽然身在狱中，但他的思想是自由的。他还在学校里飞奔，赢得了100米赛跑的胜利，冲过了终点，听见了观众们爆发出的掌声。突然，他和艾尔维利一起飞起来。一声轰鸣——星云就在他们脚下，就像煮沸的牛奶泡沫——大风呼啸而过。然后他又纵身跃入蓝色深海——不断下潜、下潜、下潜，海水越来越蓝。很快，他看见马里恩在阳光下等着他。他们手拉手跑到海边，望着纯净的海水。一波浪打来，为他们带来彩虹，他能看到马里恩头发上倒映的彩虹。

3点的时候，亨利·坎宁安上校还没有睡。严重失眠，他干脆放弃了努力。其实1点45的时候，他就醒了，于是打开灯，试着读一篇关于中国瓷器的文章。他根本就看不懂。因为教父——老亨利·由斯坦迪斯的古董生意不出意外会让亨利继承，所以有很多关于瓷器的知识要补。他还没下定决心什么时候交上研究报告，但他必须在月底前下定决心。因为莫里斯的邀约不可能开放太久——只能选择接受或放弃。所以他的假期将在月底结束。

当然，希拉里也是令人不安的因素。希拉里极其热衷与他们一起经营古董生意。那时他几乎下定决心了。但如果希拉里不在了，他觉得自己也不想接手了——他想跑到地球的那一端，尽可能远离希拉里·卡鲁和他的母亲。内心的愤怒让亨利知道，他没有逃避，他也不想逃避。希拉里那么残忍——他用了希拉里的话——但他并没打算轻易原谅她。他离开了希拉里，因为他很生气，希拉里应该被无视，直到她受到足够的惩罚，认识到自己的错误，向自己忏悔，他才会原谅她。至少这在白天应该是这样的，但是晚上似乎不太容易。如果希拉里不道歉，如果她真的跟那个恶心的巴兹尔·蒙塔格纠缠在一起，如果……如果……如果自己失去了她……

就是这些瞬间，睡意全无，瓷器也失去了魅力，不能让自己注意力集中了。亨利痛苦地坐在床边，又一次不负责任地想，为什么父母要结婚，为什么自己母亲不喜欢希拉里。她整个下午都在责备希拉里，这也是亨利最后一个打算在诺伍德度过的下午了，谢天谢地，他那古怪的教父把这处在古董店楼上有 4 间卧室的公寓给了自己，这样就有理由在休假时远离母亲了。他本打算跟希拉里一起住在这里。

他又想起希拉里。他的怒火转向自己，因为无意中瞥到她又让自己心绪不宁了。本来已经下定决心要做的事，结果因为自己无意间瞥见希拉里，又让自己阵脚大乱了，他想马上见到她，他要紧紧抱住她，吻她，带她远走高飞，跟她结婚。他已经放低姿态，给她写信了——虽然不是那种原谅的信，但也是语无伦次地解释了一通，希望她回心转意，嫁给自己。很显然，亨利已经战胜了自己，烟囱里的青烟环绕，也让所有置气的想法一扫而光。

亨利面对着壁炉，紧紧皱眉。其实下午他没有真正看清希拉里，他只是看到一个戏谑、诱人、不满的表情。他印象里，希拉里脸色苍白，他的心一紧，希拉里或许是生病了吧。他的大脑立即提醒他，天气寒冷的时候，她的脸色都不太好。当然这也可能是因为她先看到了自己，脸色苍白是由于她良心发现了。这时，亨利的大脑里又出现了一句讽刺的话“我不这么认为！”，他没理由希冀希拉里在这件事上能良心发现。因为她一直如此。亨利没怎么见过希拉里因为无视了自己而脸色苍白、懊悔不已。

在这一刻，亨利脑海里出现了两个互相打架的小人：“小野兽！”还有另一个，“哦，希拉里，亲爱的！”这种感觉如坐针毡，让人混乱，因为想起她时，她不光是你爱的人，还会让你抓狂，她简直就是个小怪物，可把她视为小怪物时，她又是你的心头好。从这个两难的困境里没有人能全身而退。如果是两个人，还可能携手走出。可是亨利的手里是空的。他继续面对着壁炉里的灰烬燃烧殆尽。

第八章
一系列疑问

扫码听本章节
英文原版朗读音频

希拉里睁开眼，在阳光的照射下眨了眨眼。11 月的伦敦，太阳很刺眼，高远地挂在天空。她又眨眨眼。不是因为阳光，是因为天花板上的电灯。她也没有睡在床上，她睡在公寓客厅里杰夫的大椅子上，有什么重物压在她腿上。希拉里坐起身，那些重物砰的一声掉在地板上，她看到那是埃弗顿凶杀案的卷宗。

当然，她昨晚一直在读这个。她重新读了问讯记录，然后就睡着了，因为现在时钟敲了七下，她觉得周身冰冷，模糊的光线透过窗帘渗进房间。她冻僵了，困得不行——昏昏欲睡是因为昨晚熬夜了，而且长途跋涉很累。

“洗澡去。”希拉里对自己说。她伸了个懒腰，从椅子里起身，捡起卷宗，这时门开了，马里恩一脸吃惊地看着她——甚至，还有点儿生气。

“希拉里！你在干什么？”

希拉里抓着卷宗。她可爱的短卷发都竖了起来。她看起来像是个鬼魂，忘了隐身；好像做了错事、披头散发的鬼魂一样。于是她语气轻巧、低声说，“我睡着了。”

“在这儿？”

“嗯——”

“你没回卧室睡？”

希拉里低头看了一眼睡衣。她都记不清是否在卧室睡过，但是她穿着睡衣。于是她开始回忆。

“呃——我在卧室睡的——但是我睡不着——于是我就到这儿来了。”她有点儿颤抖，紧张地摩挲着裙边儿。马里恩的眼神又是那么冰冷。这足够让所有人不寒而栗了。

“读……那个吗？”马里恩看着卷宗问。

“是的。不要这个表情，马里恩。我只是想……我从来没读过……问讯记录。”

“然后你只是想读一下，知道整件事的来龙去脉！”马里恩的声音尖锐，夹杂着怒气。

希拉里完全清醒了。她只是想帮他们，马里恩这么说不公平。但随后她就开始内疚了。可怜的马里恩，只要一提起这件案子，就是她的噩梦，于是她赶紧说道，

“别这样！我只是想帮你——只是……我现在就收起来。我不是故意想让你看到的，但我睡着了。”

马里恩走到窗前，拉开窗帘。窗外是耀眼的阳光，但玻璃上

还残留浓重的雾气和露水。她转过身发现马里恩把卷宗收起来了。埃弗顿这个案子已经结了。杰夫在监狱里。她必须面对这新的一天。她的语气并非刻薄。

“快去穿衣服吧，我来准备早餐。”

希拉里在走廊犹豫着。

“如果……如果你不介意谈一下，亲爱的……”

“我……介意！”马里恩说，她的声音又尖锐起来。她穿着出门的衣服，妆容精致。这副打扮简直就像是要拍超现代海报——她那么瘦，打扮得很刻意，但是十分优雅，一如既往地优雅。

希拉里赶紧补充，“有些事……我希望你……有些事我很好奇。”

“我不会谈这个的！”马里恩又说。

希拉里已经不再窘迫了，她的脸红了，眼眶也湿了。因为泪水，她眼中马里恩那海报般的轮廓已经模糊了。但那是希拉里的眼泪，不是马里恩的，马里恩是不会哭的。希拉里跑进房里哭了起来。

马里恩去工作了，希拉里把早餐的碗洗了，整理好床铺，用吸尘器清理地毯，没有铺地毯的地方就用拖把，这个公寓很小，打扫起来花不了多长时间。以前他们每周请一位清洁女工来打扫一次。

都收拾妥当，希拉里坐下来思考。她拿出铅笔和纸，想到什么就写下来。

梅塞夫人——她为什么哭了那么多次？讯问的时候她哭了，裁决的时候也哭了，在火车上也哭了。但即便这样，她还是诬蔑杰弗里和叔叔吵架了。她不应该说这个。虽然她哭了，也还是这么说。

这是让自己百思不得其解的第一件事。

然后——就是那个定时来做家务的女工，并没有被作为证人进行传唤。希拉里想问她几个问题，关于梅塞女士牙疼的事情——因为这看起来真的很荒谬。如果一切都是有预谋的，那么很容易就可以失声痛哭，也可以在需要的时候牙疼，没有人会怀疑。

再就是汤普森夫人，令人尊敬，几乎全聋。如果预谋杀人，那么一个耳聋的目击证人是多么合适？如果不是事先计划好，怎么就那么巧，有个耳聋的目击证人？

当然，这是不合逻辑的，但希拉里本来就不按常理出牌。她根本不担心逻辑，她只是单纯地把脑海里的疑点罗列出来。梅塞夫妇邀请的耳聋的客人就是其一。还有一件让她纳闷儿的事，就是为什么每个人都有完美的不在场证明。回想昨晚读的卷宗，在自己看来，如果他们坐在一起，把这些不在场证明都提前计划好……突然，思维如电光火石般，“也许他们……”

梅塞——伯蒂·埃弗顿——梅塞夫人——弗兰克·埃弗顿……

汤普森夫人恰恰就在那晚来做客。她几乎全聋了，以至于听不到枪响，但却能够充当人证，证明梅塞没有离开厨房，证明梅塞夫人没有足够的时间去杀死詹姆斯·埃弗顿，再回到房里。并不是自己怀疑是梅塞夫人杀了詹姆斯·埃弗顿。她那么犹豫不决，看起来连豚鼠都不敢碰。希拉里不敢相信她会向自己的雇主开枪。但是一环扣一环，也许不是一桩简单的谋杀案。梅塞夫人的泪水可能是谎言，是一个有预谋的谎言，凶手应该另有其人。

好吧，看起来梅塞夫妇是洗清嫌疑了。但是埃弗顿的家人呢，伯蒂和弗兰克，他们一个在爱丁堡，一个在格拉斯哥——那他们呢？答案令人沮丧。总的来说，什么疑点都找不到。埃弗顿兄弟身上的疑点真的是找不到。伯蒂在爱丁堡，弗兰克在格拉斯哥，一个有律师担保，一个有客房女服务员证明送来了早茶，敲门有人响应。所以对埃弗顿兄弟，根本就没有什么能找的疑点。如果他们多年以来一直致力于找托词，那么这就是最完美的解释了。这不妙——真的不妙。案子已经结了，杰夫被关在监狱里，等他出狱，他和马里恩的人生也就完了。也许他们会远走他乡，重新开始。

希拉里颤抖着。这真是一个极其悲观的想法。难怪马里恩的表情那么冰冷。杰弗里可能是真的死了——他可能已经被绞死了。当时有相当一群人发起请愿，他们十分可怜马里恩，因为她还怀着孩子，而且她猜想陪审团想必也有些许疑点没弄清楚，因为他们建议过对杰夫从轻发落。一定是这样。也许他们也是可怜马里恩，因为极有可能在处决那天，他们的孩子就出生了。但孩子夭折了，马里恩也在死亡边缘挣扎，等她恢复了，就像个孤魂野鬼一样游离。

希拉里又打了个冷战，但这次是因为觉得恶心。不管事情多么糟糕，都要面对。如果一直走不出来，就会越发消沉。不能再继续看下去了——必须要做点儿什么。如果有心，一定能做点儿什么。希拉里开始思考，突然她想到了可以为这件案子做的事情。她可以去帕特尼地区找到那个并没有被作为证人但定时来做家务的女工。

她顺着那条路走到尽头，追上巴士，就像杰弗里·格雷在 16 个月前的 7 月 16 日那天做的一样。杰弗里用了 15 分钟到 20 分钟的时间到达索尔威山庄，转过转角，大跨步迅速穿过冬青小路。而希拉里呢，用了 25 分钟，因为她并不认识这条路，所以不得不停下问路，而且她也没有从花园的门进入，而是绕到了正门。她站在门口，透过铁门的漩涡形装饰向里望，花园里满是落叶，树影斑驳，一片萧瑟。她没进去——进去也没用。房门紧闭，钉在一起的三块木板显示伯蒂·埃弗顿打算卖掉这栋房子。但发生凶案的房子想出售很不容易，当然也可以试试。

希拉里经过告示板和第二扇门来到萨德伯里山庄。萨德伯里山庄属于约翰·布莱克尼先生。汤普森女士是约翰·布莱克尼先生的女管家，希拉里就是想从汤普森女士那里打听到那个没有被传唤的证人的名字和地址。门打开了，希拉里走进去，沿着狭长逼仄的小路走。直到冬青树丛的尽头，萨德伯里山庄就在眼前了，是一幢田园风格的建筑，四四方方，用格鲁吉亚砖砌成，暗红色的爬山虎在向阳的一侧顽强生长着。

希拉里走到前门，按响门铃。她本打算去后门，但还是鬼使神差地走到前门。

希拉里在门口等着。这件事很简单——她只是想问问汤普森夫人。而且不管是谁开门，她都可以打听一下。她抬起头，咬了咬嘴唇，对自己说别做懦夫。

在这件事上，她是对的——真的非常简单。一个体型肥胖和善的管家开了门。他举止亲切可爱，对于她想见汤普森夫人也没感到奇怪。他让希拉里想起了小时候最爱的气球——粉色、光滑、按得太紧就会咯吱作响。而这管家的声音八成是因为喘息和肥胖。他把希拉里带到早餐餐厅就走了，走路也轻得像个气球。希拉里真希望他在找到汤普森夫人之前，不要撒气飞走了或者爆了。因为小时候她的气球就总发生这种情况。

大约五分钟以后，汤普森夫人进来了。她比那个男管家还要胖，但她至少没有让希拉里想到气球。她是希拉里见过的最结实的人，她的每一步都震得地板在颤。她穿着一件黑色羊绒衫，领口有白色的皱边儿，镶嵌着一个玛瑙胸针，就像把一个靶心套在金圈里。她脖子上的肉从白色皱边儿上堆积出来，下巴上的肉又堆积在脖子上。她没戴帽子，但浓密的头发编成辫子，缠绕在头上，形成一个巨大的编发，看不出头发是否已经变白。这闪亮的头发和总是带着红晕的大脸形成鲜明的对比，让她的外表很显眼。希拉里一见到她，就知道这是个说一不二的人。所以最后那个微弱的希望——汤普森夫人可能是在撒谎——也破灭了。这让希拉里觉得很没底气。希拉里发现汤普森夫人有些警觉，如果自己不立刻停下考虑，她一定会犹豫不决的。于是她说，“是汤普森夫人吗？”声音甜美温和。汤普森夫人说：“是的，小姐。”

“我想知道……”希拉里说到这儿就语塞了，汤普森夫人又说了一遍：“是的，小姐。”但这次她又小又沉着的灰色眼睛出现恍然大悟的眼神——至少希拉里是这么想的。她脸红了，觉得双颊火辣辣的。希拉里说：“哦，汤普森夫人，我知道你工作很忙，打扰你了，但不知道能不能回答我几个问题……”

汤普森夫人站在那里，给人一种压迫感。恍然大悟的表情已经不见了，她的脸像砖墙一样铁青。最后她终于说：

“我认识你的样子，但我不记得你叫什么了。”

“希拉里·卡鲁。我是格雷女士的堂妹——杰弗里·格雷女士。”

汤普森夫人又向前迈了一步，把一只手放到耳朵上。

“我几乎听不见，小姐，麻烦你再说一遍。”

“好的，我记得。”希拉里把声音提得又尖又刺耳。艾米琳姑妈家的伊莉莎也是几乎什么都听不见，所以她知道怎么做。“这样行吗？”

汤普森夫人点点头。

“人们都不习惯大声说话，但这样好多了。你有什么事，小姐？”

“是关于埃弗顿的案子。你是第二个说记得我的人了，虽然我只参加了那天的审判。我想你应该是在那儿见到我的。”

汤普森夫人又点点头。

“是的，格雷女士，真可怜啊。”

“是的，”希拉里说，“哦，汤普森夫人，他没杀人——真的没有。”

汤普森夫人摇摇头。

“我所要说的，就是他拿着手枪。”

“他真的没杀人——没有，”希拉里热切又高声地说，“但现在说什么都没用了，我来也不是为了这个。我只是想跟你打听一下那个女帮佣，那个每天都去索尔威山庄帮助梅塞夫人干活儿的女帮佣，有些急事需要问她。”

汤普森夫人并没有表现出鄙夷，她出身良好，很有教养。但很明显她在控制自己别哼出声。

“那是艾希莉女士！”

“她叫艾希莉？”

汤普森夫人点点头。

“没有传她作证真好，她是我见过的最廉价的人了。”

“你知道她住在哪里吗？”希拉里赶紧问。

汤普森夫人摇摇头，十分轻蔑。对她来说，这种廉价的女人住在哪里、去了哪里她都不愿打听。

希拉里失望极了，脸色煞白。

“哦，汤普森夫人——但我真的急着找她。”

汤普森夫人又考虑一下。

“如果她有什么要说的，警察已经问过了，如果有用，会将她作为证人传讯的，她很有可能在法庭上歇斯底里。人们应该控制自己，但艾希莉从来做不到。我不能给你她的地址，小姐，我也是通过梅塞女士认识她的，但你应该可以去史密斯的瓜果店打听一下，就在从你来的主路上数第三家，因为当时是史密斯太太推荐她去给梅塞女士帮工的。我对她的工作不做评价，但我是容忍不了她到我家来的。”

希拉里如释重负，史密斯太太一定会给她需要的地址的，而且她马上就能发现一些帮助杰夫的线索了。本来她也没期望能在汤普森夫人这里问出点儿什么。没有希望，就不会失望。汤普森夫人认为杰弗里就是凶手，但她根本就不认识杰夫。她只能在问讯的时候不断重复那句话："我看到他手里拿着枪。"但希拉里绝不会因为这个就气馁。

希拉里轻而易举就找到了瓜果店，史密斯太太体态丰盈，一头金发，她未加迟疑就把艾希莉的地址给了希拉里，她一定以为希拉里在找钟点工，"我也不清楚，女士，不过她干活儿真的不错——真的。不管我把她推荐给哪位女士，她们都觉得很满意——图钉人路 10 号，转过街角，在第二个路口左拐，第三个路口右拐，就能找到她了。半个小时之前她还在这里，后来她回家去了。她今天工作的那家有点儿远，不过她要做的就是给房间通风而已。"

希拉里觉得图钉人路是最压抑的地方。因为那里房屋都很老旧，摇摇欲坠，窗户也都特别小。她找到 10 号，敲了敲门，但是没人回应。于是她又敲了敲门。这时，她听到有人下楼的声音，一听到这个下楼的脚步声，希拉里就明白为什么汤普森夫人非常不屑了。她的脚步声拖拖拉拉，一步，一步。詹姆斯·埃弗顿一定是对这种脚步声有特殊的喜好，因为梅塞女士的脚步声也是如此。或者——突然希拉里灵光一现——梅塞不就是那种对没有骨气、言听计从的女人专横跋扈的男人吗？正在想着，门开了，艾希莉把遮住双眼的干涩的头发整理到脑后，用一种含糊不明的眼神看着希拉里。她曾经也一定是个漂亮的女孩儿，但现在，她黯淡的头发已经变成苍苍的淡褐色，无神的瞳孔已经变成了淡蓝色。她五官端正，但徐娘半老了。大概有 35 岁了，或者 55 岁，谁知道呢。

希拉里问："我能进来吗？"然后她脚步坚定地走过艾希莉，进了屋。她知道在门外站着傻傻等待是没有用的，她也不准备站在门口讨论埃弗顿的案子，以免让邻居听到。

房间特别老旧——地上铺着很旧的油毡，样式早已过时，边缘也都磨损了，还铺了一小张地毯，看起来像是从垃圾堆里翻出来的，一张沙发弹簧也早都坏了，凸起的马毛从美国油布上扎出来。有一把木头椅子，还有一把藤条椅，桌子上铺的羊毛桌布，曾经应该是红色的。

希拉里在桌边站着，等待艾希莉进屋并把门关上。

第九章
失望至极

艾希莉看起来吓得要死，希拉里心想，她一定从没见过这么一个人，这样出现在她的生活里。太可笑了，因为她真没有必要害怕。真的没有必要，因为曾在发生过凶案的房子里工作，而吓得像一只兔子，而且，希拉里来也只是想问她几个无关的问题而已。与此同时，艾希莉的嘴，吃惊得就没有合上过，眼神里也满是惊恐。

“我是格雷女士的堂妹。”希拉里一字一顿地说。

艾希莉的嘴里好像要发出声音，但终究没有发出来。

希拉里跺跺脚，真的想摇醒这个女人。

“马里恩·格雷女士——杰弗里·格雷的妻子。我是她的堂妹。我只是想问你几个问题，艾希莉女士，为什么你这么害怕呢？”

艾希莉快喘不上气来了，下巴在颤动，她伸出一只手捂住嘴巴。

“我什么都不知道——我什么都不能说。”

希拉里克制着自己，如果自己失控了，那一切都完了。她尽力保持自己声音的温柔，以前面对头脑不清醒的人，自己从没这样说过话。

“没有什么可害怕的，我真的只是想问你几个关于梅塞女士的问题。”

这话好像有点儿镇静作用，艾希莉把手从嘴上拿下来，苍白的舌头抿了一下自己的嘴唇，用微弱的喘息的声音说，“梅塞女士？”

“是的，你曾经在索尔威山庄帮她干活，对吗？埃弗顿先生被杀的那天，她有跟你说自己牙疼吗？”

“哦，没有，小姐，她没有。”

很显然这个问题是个缓冲，答案也很简单。

“那你知道她有牙疼的毛病吗？”

“哦，没有，小姐，我不知道。”

“你不知道她的牙齿有问题？”

“不知道，小姐。”

“但我想她曾经跟你说过一些？”

“她有时会说，有时不会，”艾希莉说，“梅塞先生不在的时候，如果只有我们两个，在卧室里，她可能会说。她会跟我讲年轻的时候在海边工作的事情。梅塞女士讲了很多那里的事。那家有一个女主人和一个小男孩，男主人经常不在家，还有一个小宝宝，那是最让她想念的。”艾希莉停下来喘口气。看来这个话题让她放下戒备，不再看起来好像掉进陷阱一样。

希拉里成功地让她回忆起了梅塞女士。

“那你不知道她曾经牙疼吗？”

“哦，不知道，小姐。”

希拉里不再问牙疼的事。

“16 日那天，你是几点离开的？”

艾希莉的脸上又露出害怕的表情。她的眼神看上去像一匹战战兢兢的小马。

“我喝了茶，离开的时间也跟平时一样。”

“那时候是几点？”希拉里说。

艾希莉的嘴张了又合，看起来就像是一只待宰的羔羊。

“6 点。”她的声音小得几乎听不见。

“回家的路上，你没有看见什么事吗？”

艾希莉摇了摇头。

“也没听见什么声音？”

艾希莉脸色都变了，瞳孔都怔住了，但仍然摇头。

希拉里火了，向前走进一步，用这 22 年里最严肃的声音对她说，“艾希莉女士，你一定听见了什么。你最好不要说你什么都不知道，因为我知道你听见了，如果你不想告诉我，我想我还是报警吧。”

她的表情不能表现得更害怕了，她开始颤抖，不得不抓住桌角支撑自己。

“我是 6 点离开的——我向主发誓。”

希拉里向她冲上去，“但你又回去了，艾希莉女士——你回去了吗？”这时这个女人崩溃了，她顺着桌脚跪倒在地，开始抽泣，双手遮住眼睛，开始结结巴巴，说不成句了。

“我向她保证我不会说，而且我永远不会说。我向她保证我绝不会说。我对警察说，我6点就离开了，就像我平时那样，然后我说我没有必要不说真话，我向主发誓，然后就没有人问我更多的事情了，只有那个可怜的女士来问过我，我保证我绝对不会再说出去，永远不会。”

希拉里觉得有点儿冷，也很困惑。房间里只能听见艾希莉的啜泣声。她已经放开了桌子，蜷缩成一团，靠在摇摇欲坠的桌腿上，颤动着哭起来。

“艾希莉女士，听我说！你在说什么？谁让你保证？不要说出来？”

“我从来没有！”艾希莉使劲抽了口气，“警察来了，我不知道怎么控制自己的，但我也从来没说。”

“谁让你保证的？你必须告诉我！”

艾希莉哭得更凶了。

“她来找我，我告诉了她。她就坐在那把椅子上，请我保证。从她来找我还不到三个月。但我已经发誓了，我要信守诺言。”她的手颤抖着把头发推到脑后，摩挲着双手，盯着希拉里，眼神里带着些许骄傲，“我没有跟警察说，没有告诉任何人，除了她——格雷女士。”

希拉里跪到破旧的地板上，这样就能直视对方的眼睛。

“你听到了什么？”她声音稚嫩、微弱。

艾希莉颤抖着，啜泣着。希拉里的声音更小了，开始耳语。

“告诉我，艾希莉女士，告诉我，我需要知道。现在不会伤害任何人了——杰夫在监狱里——案子已经结了。我是马里恩的堂妹，你可以告诉我。你看，我知道你回去过。我需要知道究竟发生了什么——我需要知道你究竟听到了什么。”她伸出手抓住这个女人的手腕，“艾希莉女士，你为什么又回去了？”

“我把自己的信落在那儿了。”

“什么信？”

“我的儿子是个水手，他 17 岁了——那是他第一次远行，他从印度给我写了信，我把信带去给梅塞女士看——我们俩经常讨论我的儿子。当我回家的时候，发现忘带信了，于是我就回去了……”

“是吗？”希拉里问。

艾希莉又把她湿漉漉的头发推回去。

“梅塞先生可能会把信撕碎、烧了。他不知道作为一个母亲的感受，很多次我们谈论这些，都是趁他不在的时候。所以我不能等到第二天，于是我就回去了。我知道把它放在哪儿了，因为当时埃弗顿先生不在家，我在打扫书房，这时梅塞女士进来，我把信读给她听。后来听到梅塞先生的声音，我就急匆匆把信放进口袋，它一定是我在系紧窗帘的时候掉了出来。我希望还没人发现它，于是等到埃弗顿先生大约吃晚饭的时间，我就回去了。”

“真的吗？”希拉里问。

艾希莉女士不哭了。她深吸一口气，继续说下去。

“我回去的时候，觉得没必要让别人知道，而且我觉得天气很好，书房的窗一定开着，如果信在那里，我只需要伸手就能拿到；如果不在那里，我就跟梅塞女士打声招呼。”她停下，摇着头，用惊恐的眼神望着希拉里，“我确定埃弗顿先生当时在吃晚餐，我沿着墙走过来，可能还有不到一码或两码的距离就到书房的窗户了，我听到埃弗顿先生大喊一声，然后听到了枪响，吓得我转身就跑了。”她哽咽了，“我谁也没看到，也没有人看到我，我不知道自己是怎么回家的，事实上我也没有回家。”

希拉里感到有人当头向她浇了一盆冷水。但她还是强撑着，保持声音的稳定。脑海里有个声音在说：“时间，她听到枪响的时间——这是重点，开枪的时间是重点。”

她铿锵有力地问道：“那是几点？你听到枪响的时候是几点？”

艾希莉不再晃动。她的嘴巴还张着，看起来像在思考：

“我到奥克利路的时候，时钟正好敲响。”

“真的吗？”

“敲响的时候是8点钟。”

希拉里高兴地长吁一口气。从奥克利路到索尔威山庄只要五分钟，也就是说，杰夫需要走五分钟。一个女人可能需要走七八分钟，像艾希莉女士这样走路拖拖拉拉的，可能需要10分钟。如果，她听到枪响的时间是8点10分，那就不可能是杰弗里·格雷开的枪。杰夫不可能在8点15分前到达索尔威山庄，而且如果相信梅塞女士的证词，那还要算上他见到叔叔和他吵架的时间。她用热切、颤抖的声音说，“那就是说你听到枪响的时间，是在8点10分之前？”

艾希莉跪坐在膝盖上，凝视着希拉里。她的双手放在膝盖上，用单调的声音说：

“不，小姐……可能比那要晚一点儿……晚一点儿。”

希拉里的心跳漏了一拍。

“不可能！你不可能从奥克利路走 10 分钟——没人会走那么长时间。”

“哦，不，小姐。”

“所以时间一定不到 8 点 10 分。”

艾希莉的嘴像一条鱼一样张开。然后她说，“要比那个时间晚一点。”她的声音温和、平静。

“为什么？”

她又抿了一下嘴唇。

“从我在那里工作开始，那里的时钟有 10 分钟误差。”

“是快还是慢？”

艾希莉女士眨眨眼。

“那时候差不多要半点了。”

“你是说时钟慢了？”

“整整 10 分钟。”

希拉里的心沉下来，喜悦也不见了。这也不奇怪马里恩会让她守口如瓶。如果她真的是在 8 点 20 时听到枪响，那么她的证词会直接了结杰夫。希拉里脑海里闪过马里恩的画面——美丽、骄傲的马里恩，跪倒在地，祈求这个女人给杰夫一个机会，一定要守口如瓶，以免立马被施以绞刑。希拉里站在原地，双手紧握。然后开口，“艾希莉女士，你确定时钟慢了 10 分钟？”

“整整10分钟，小姐。我曾经跟梅塞女士说过很多次。‘这个时钟已经是个老古董了，’我经常说，‘你最好是买个手表。’但每次都是白说。别人跟我说他们已经把时钟调好了，但我现在已经不从那儿走了，所以我也不好说。”

“除了枪声，你还听到了什么声音？”希拉里的声音在颤抖，但她一定要问，否则她就是个懦夫。但很快，她就知道自己为什么会害怕了。艾希莉看着她的眼神充满恐惧，双手颤抖着抬起来捂住嘴。希拉里又晃了晃她。“你听到了什么？我知道，你一定听到了什么。你到底听到了什么？”

艾希莉女士摇头，但在希拉里眼里这就是在说“对”。

“你听到声音了？什么声音？”

“埃弗顿先生的声音。”这话从艾希莉捂住的手掌里传出来，但希拉里还是听清了。

“你确定，听到埃弗顿先生的声音了？”

这时，艾希莉摇头的动作更像是抽搐。只要艾希莉确定她听到了詹姆斯·埃弗顿的声音。

“你听到别人的声音了吗？”

这摇头的动作又在说“是的”。

“谁的？”

“我不知道，小姐——这是我最后能说的，我也是这样跟格雷女士说的，她找到我，并求我，可怜的女人。我只能说有人在跟埃弗顿先生争吵。”

争吵……希拉里一阵恶心。完全针对杰夫的证据——跟梅塞女士的证据完全吻合。并非凭空捏造的，因为这个女人什么也得不到。而且她因为可怜马里恩，一直守口如瓶，一直守口如瓶。

希拉里平复情绪，强制自己问下去。

“你听到另一个人说的话了吗？”

“哦，没有，小姐。”

“但你认出了埃弗顿先生的声音？”

“哦，是的，小姐。”

“你听到他说什么了？”希拉里抓住她的手。

“哦，是的，小姐。”她又再次开始抽泣起来，泪如雨下。

希拉里十分惊奇，竟有人这么能哭。另外，她觉得周身发冷，她害怕知道詹姆斯·埃弗顿说了什么，她听到自己小到听不见的声音：

“他说了什么？你必须告诉我。”

这时艾希莉双手捂住脸，哭了出来，

“他说……哦，小姐，‘我唯一的侄子！’哦，小姐，这就是我听到他说的——‘我唯一的侄子！’然后我听见枪响，我就逃命了。就是这样，我已经对可怜的格雷女士承诺了——我一定会保密。”

希拉里觉得自己动弹不得，骨骼发凉。

“现在已经没关系了，”她说，“案子已经结了。”

第十章
是偶遇吗

希拉里走在图钉人街上，双腿像灌了铅一样，心里也是。可怜的马里恩——可怜的马里恩，曾经带着一丝希望来到这里，听到了这晴天霹雳一样的消息。这对马里恩来说打击只会更大——难以置信地雪上加霜。她一定不知道希拉里也知道了。她一定以为她已经让艾希莉守口如瓶，否则杰弗里·格雷难逃一死。

希拉里转过图钉人街的街角，沿着来时的路盲目地走着。对一个男人来说，在监狱度过余生好？还是来得干脆一点更好呢？是不是干脆一点，对杰夫和马里恩都好？但回想过去，面对这个想法，她还是畏缩了。生命有不可承受之重。她颤抖着甩开这个想法，还是要面对这个世界。

希拉里一定是走错了路，现在走到的地方她完全不认识。她当然不知道这些街道，但是这条路她百分百确定自己从没见过——

矮小的房屋，几乎没完工但从雏形能看出是半独立房屋，有一半的房子刷成灰绿色，另一半是芥末黄色，其中一户窗帘是红色的，隔壁是宝蓝色的，屋顶瓦片形状各异。房子刚建成，又新又干净，看起来就像是未拆封的圣诞节礼物放置成一排。

正当她觉得这些房子像玩具的时候，她听到身后有脚步声，一听到这个声音，她就觉得耳熟。脚步声已经很长时间了，可能从图钉人街就有了，但自己没听到。希拉里现在听到了，她稍微加快了脚步。那尾随的脚步也加快了。希拉里转头看见一个男士，穿着巴宝莉，头戴棕色毛呢帽，脖子上戴了一条浅黄色的围巾，上嘴唇的胡子刮光了，浅色眼睛。希拉里把目光转向别处，但太迟了，那个男士已经摘下了帽子，追上了希拉里。

“不好意思，卡鲁小姐——”

听到有人叫自己的名字，希拉里已经吓得忘了所有规矩——如果有人在街上跟你说话，你什么都不要说，只需要无视他们；如果你能看着他们，表情就要冷淡得像冰柜一样，一定不要脸红，或看起来很害怕。可是希拉里把这些都忘了，她的脸颊上显现出被打扰的神情，她说：

“你想干什么？我不认识你。”

“是的，小姐，但是请允许我跟你说几句话。前几天我跟你同乘一列火车，我当时就认出了你，你当然不认识我，除非你在火车上注意到了我。”他的举止文明优雅，像是上层人士的管家，尤其是那一句“小姐”。

希拉里说：“火车上？你是说昨天？”

“是的，小姐，我跟你在同一个车厢，我和我的太太，昨天在去往莱宁顿的火车上。我想你没注意到我，因为我大部分时间在车厢外待着，但我想你见过我太太了。”

“什么？”希拉里仓皇不安地看着他。她明亮的眼睛看起来坦白得像个孩子。

男士看着她，说：

“小姐，我想你们两个在车厢里单独待着——好吧，我是想也许你们俩交谈了。”

希拉里的心跳漏了一下。梅塞——是梅塞。他一定是认为希拉里在火车上跟梅塞夫人说话了，梅塞夫人也跟她说话了。希拉里本来就不相信昨天在火车上梅塞没认出自己。他当然认出自己了。梅塞夫人、汤普森夫人都认出了自己，但梅塞在车厢里时，希拉里都望着窗外，当他回来时，自己就去走廊上待着了，直到到达莱宁顿车站。梅塞站在一边，让自己先过去，他当时一定就认出自己了，只是希拉里不这么想，因为如果他认出自己，或者他有什么事要说，他一定会跟着自己去走廊上。不，一定是他发现自己的妻子那么失常，于是想弄明白那个可怜的女人说了什么。希拉里已经来不及想梅塞是怎么发现自己的了，可能是自己在索尔威山庄往里看的时候，他在那里处理自己的事，或者伯蒂·埃弗顿的事而发现了自己，他从公寓就一路跟踪自己。所有这些想法让希拉里不寒而栗，于是她不假思索，“哦，是的，我们交谈了一会儿。”

“请你原谅，小姐，我希望我的妻子没有给你造成困扰。一般来说她都很安静，不然我也不会让她跟陌生人在一起，但是我一回到车厢，我就发现她又开始了，而且我发现你借道出去了，本来我想我应该追上你，请你原谅的，希望她没有给你造成困扰。我知道她老毛病又犯了，她不应该如此冒犯一个年轻女性，特别是跟我们之前服务的家庭有关联的人。”

希拉里恢复了明亮的神情。梅塞非常优秀，讲话得体，但希拉里不喜欢他的眼睛。那是她见过的最苍白的眼睛了——浅色、冷峻的眼神，找不到一丝感情。她回想起梅塞夫人在火车上呜咽，一个拥有这种眼神的男人当然会令女人失望。希拉里说：

“你曾经在索尔威山庄服务于埃弗顿先生？”

“是的。那件事非常遗憾，小姐。”

他们俩在那些玩具似的房子前走着，希拉里想：“我真希望自己能住在这么一栋房子里，也不想住在索尔威山庄那斑驳的树影里。”一切都是新的。没有罪恶、阴谋和犯罪，没有爱恨情仇。温馨、艳丽、小巧的房间，一个精致的小花园，可以和亨利一起种金盏花、风铃草、黑眼苏珊花。

但现在她和亨利不会拥有房子了。梅塞的话在她耳边回响——“非常遗憾的事”。她迅速眨眨眼，说：

“是的，非常遗憾。”

“令人非常难过。我的妻子意志力一直不是很好，她一直很难从这件事里走出来。小姐，如果昨天她在路上冒犯你，我替她道歉。”

“并没有，”希拉里说，“她没有冒犯我。”她的声音明显有些心不在焉，因为她在努力回想梅塞夫人说的话：“哦，小姐，如果你知道……”这是其中一句。如果她知道什么？她该知道什么？

希拉里并没注意到梅塞看着自己的锐利的眼神，在她还在思考的时候，传来了他的声音。

“她身体很不好，小姐，我不好意思这么说。我不让她讨论那个案子，因为她会很激动，语无伦次。”

希拉里说：“不好意思。”她还在努力思考梅塞夫人说的别的话——“我想偷偷看她”。这一定是指的马里恩——可怜的马里恩，随着审判进行……“我真的尽力想去看看她。我趁他不备时溜出来四处张望，想看她在哪儿……”

梅塞的声音又响起来。

“那她没说什么不该说的话吧，小姐？”

“哦，没有。”希拉里有点儿含糊其辞。因为她并没有在考虑自己该说什么。她在思考梅塞女士要趁着丈夫不注意时溜走，就在杰夫被指控谋杀，作为最主要的人证的梅塞夫妇证词都不利于他。而梅塞夫人想见马里恩，并且是急切地。“最后一天的时候，我真的不知道如何承受了……”那个女人惊骇的语气在希拉里脑海中回荡，当她耳语时本来黯淡无神的眼睛突然有了光彩，“如果她能见到我就好了。后来他回来了，我就再没找到机会。他看见了……”那时候对她来说没什么，而现在好像意味着什么了。梅塞女士打算说什么，可怜的马里恩被劝说休息一下时，究竟错过了什么？

梅塞还在说，但希拉里完全没听进去。她从火车上的事抽离出来，突然激动地对他说。

“你是格雷先生一案的证人——你们两个都是？”梅塞回答她时，眼神落下来。

“是的，小姐。对我和妻子来说都很痛苦。我妻子到现在还没走出来。”

“你相信是格雷先生干的吗？”希拉里不假思索地就说了这话。

梅塞看着人行道。他的语气不置可否。

“那是陪审团的裁决，小姐。我们只是履行职责。”

希拉里怒火中烧，差点儿控制不住自己。她真想冲上去扇梅塞那光滑、好看的脸，揭穿他的谎言。所幸这只是差一点儿。有教养的年轻女性是不会当街扇男士的脸的。她在这场狭路相逢中一会儿热，一会儿冷，于是加快了脚步。这条不认识的路通向了来时的路，而且她知道离主干道已经不远了。希拉里希望赶紧追上一辆巴士，离开帕特尼地区和梅塞。

但梅塞仍然紧紧跟着她，给她讲梅塞女士的事。

“没有必要挖出所有痛苦的事，所以我告诉我妻子很多次了，但她意志力还是不够强，因为她神经衰弱，医生说——她会变得喋喋不休，并且责怪自己，因为她需要提供证词。但正如我说她的，‘你需要说的就是你知道的，所以并没有人怪你，哪怕你的证词对任何人不利。’‘你不能说谎，’我跟她说，‘在法庭上你会宣读《圣经》上的誓言，你必须说出你所看到的或听到的，其他的自有法官和陪审团决断，而不是你。’但她仍然继续唠叨，我阻止不了她。但只要她没有惹恼你，小姐，我敢肯定，你是第一个能体谅她的人，因为她头脑不太清楚。”

“哦，是的。”希拉里说。

主干道已经不远了。她越走越快。这已经是梅塞第六次告诉她梅塞夫人头脑不清楚了。他一定是迫切想把这个想法灌输给希拉里。希拉里不知道为什么。突然她好像知道了。而且她想如果梅塞再提起这个，她一定会大叫的。

他们走到了大街上，希拉里的心轻松了不少。

“再见，”她说，“我要去赶巴士了。”

然后她赶上了一辆巴士。

第十一章
亨利，去见亨利

希拉里坐在巴士上，一直在想梅塞夫妇。她想了很多。梅塞夫人可能是脑筋有点儿不清楚了，也可能不是。梅塞迫切想把她脑子不清楚这个概念灌输给希拉里，每隔 5 分钟他就会提起。莎士比亚曾经说过——怎么说的来着——“我想女人抱怨得太多了。”梅塞就像女人一样——他抱怨的太多了，让人不免感到他是刻意的。“说了三遍就变成了真理。”这是刘易斯·卡罗尔在《猎鲨记》里说的。这句话真的很符合现在的阿尔弗雷德·梅塞。如果他继续说梅塞夫人脑筋不清楚或者疯了，那么所有人都会相信，在各种情况下她都是非正常状态的，也就没人会在意到底她说了什么。

突然打油诗又上来了：

“如果我有个像梅塞先生一样的丈夫，

希望他是个航海的上校，

远航出行，

永远不要再回家。”

太不合理了，她不喜欢梅塞。但这并不表示他在说谎。你可能会很讨厌一个人，但他们说的可能是事实。希拉里仔细考虑了这一事实，决定不能让自己对别人有偏见。有可能梅塞先生说的就是事实，梅塞女士头脑不清楚；反之就是他在说谎，而梅塞女士就是希拉里所见到的那样——可怜的唯唯诺诺的女人，脑子有点儿不清楚。但如果有千分之一的概率是这样，那么也一定可以做点儿什么。

希拉里开始考虑她可以做点儿什么。梅塞夫妇在雷德灵顿下车。那么她当然可以去雷德灵顿找梅塞夫人，但她对雷德灵顿完全不熟，如何在一个陌生的地方找到一个陌生人呢。现在希拉里特别想有个人倾诉。碰到这样的事，一个人怎么可能搞得定呢？现在她所想做的，就是找到一个人，对他大声说话，倾诉这一切，然后他在炉前的地毯上发号施令，这是亨利经常做的事。她使劲眨眨眼，盯着车窗外。这个世界上真的有许多痛苦的事。难以置信，她竟然怀念亨利这种专横跋扈了。她已经不会再见他了，想起亨利有什么好处呢，也不能问他的意见了。

希拉里摇摇头，端坐起来。为什么不能问亨利的意见呢？他们做回了朋友而已。本来他们可能会结婚，而且已经订婚了。后来他们发现对方都不想结婚，就解除了婚约。其实仔细想想，下一步就是修复友谊了。因为不会嫁给他，而和这个男人老死不相往来，实在不合理。

希拉里的心里泛起一阵小悸动，她对自己说这是经过深思熟虑的，她决定去见亨利，问问他的意见。她一定要跟别人倾诉一下，但又不能对马里恩说。她一定会保持平和、友好的态度。他们最后一次见面时，她的脸因为暴怒而通红，捶胸顿足，几乎是向亨利大吼大叫了。但那是因为他一直喋喋不休，不让自己插话。希拉里应该让他看到自己已经恢复了平静和体面，礼貌但不失从容淡定。

希拉里下车了，她决定去见亨利，就在半个小时之前，她都没想到自己会再见到这个男人。她看了一眼手表，已经12点半了，估计亨利这会儿该出去吃午饭了。“好吧，如果他不在，我可以其他时间见他，不是吗？”希拉里觉得自己的精神负担特别重，再也不见亨利的想法好像比万一到时扑了空更容易承受。就在此时此刻，她特别想见亨利，“拜托，拜托，他一定要在家。”

她转过街角，在富勒姆路的人声鼎沸中就是亨利的店，或者更确切地说，是亨利的教父传给他的店，亨利一度在犹豫是否要接受。当看到那个商店时，希拉里的心跳加速了，因为她和亨利本来要结婚后住在那个小店楼上的公寓里。富勒姆路可能不是每个人心目中的伊甸园，但当亨利吻了希拉里，并问她愿不愿意住在小店楼上的公寓里时，那种浪漫让人印象深刻得根深蒂固。对他们来说，嘈杂拥挤的街道却是他们的天堂。

希拉里不断提醒自己，她现在已经完全平静淡然了。她穿过马路，看到门头上的“亨利·由斯坦迪斯古董店”，希拉里驻步从窗户往里看。因为她觉得自己的膝盖好像出了点儿问题，有点儿不受控制，双腿开始摇晃。如果膝盖发颤，面对亨利时将很难保持平衡。透过窗户，她发现那张他们本打算挂在客厅的费尔干小地毯不见了，原来它就挂在左手边的墙上，当时他们还开玩笑，因为亨利说如果有人进来询价，他会说1000英镑，希拉里还嘲笑他没有这个生意头脑。有什么揪住了她的心，那张地毯不见了，那是他们本打算挂在客厅的地毯！亨利把它卖给别人了，希拉里顿感人去楼空。那是她挂在客厅的地毯，亨利把它偷走了。

希拉里第一次感觉到两个人之间完全结束了。她不可能当作什么事都没有，平静地走进店铺见亨利，也不可能再来到富勒姆路了。她从窗户又看到了镶着花纹的桌子上摆着红白国际象棋棋子安妮皇后书桌，还有一套高靠背西班牙椅子。她还看到，在角落里的邮票屏风和遮住门的镀金皮革上有人影晃动，从边缘可以看出是亨利和一个男人。

希拉里想跑开，但是她的双脚不能动了，她不敢看亨利，所以就盯着另一个男人。他看起来比亨利矮，但不是真的矮。个子正常、瘦削、苍白，没什么显眼之处，淡褐色的眼睛还带着些许绿色，红色的头发因为不修边幅有点长，穿了一件软领衣服，打了一条不是很常见的领带，是一个软塌塌的蝴蝶结。他的西装的剪裁似乎也有什么地方不对，让希拉里想起了克鲁克香克的讽刺漫画。西装是石板似的灰蓝色，领带是淡紫色。希拉里从没见过打淡紫色领带的男人，配上那一头可怕的红发——而且他的手帕和领带颜色相配，袜子也是。她开始打量这个人，因为她不想看亨利，但第一眼后，她就震住了，因为这是伯蒂·埃弗顿。希拉里只在杰夫的案子审讯时见过他一次，但他是那种让人看了一眼就再也忘不了的人。世界上没有人有这样的头发。

亨利正在说话，希拉里快速扫了他们一眼，眼光最终停在亨利身上。他说话还是那样——发号施令，希拉里暗下定义，但他看起来有些苍白，比最后一次见面时还要苍白——如果不算昨天在车站那一瞥的话。最后一次见面当然不是昨天了——真的和亨利面对面——那是他们在吵架，吵得面红耳赤。亨利看上去脸色苍白，但他还在发号施令般地给伯蒂·埃弗顿讲解，不时强调一下重点。希拉里反应了过来，也许他们在讲罐子，伯蒂应该比亨利懂得多。不知道亨利记不记得起来伯蒂是个收藏爱好者。一开始希拉里不希望他记起来，这样他就可能马失前蹄了。转而一想，希拉里就后悔了，因为如果亨利让伯蒂走了，她会后悔得肠子都青了。于是她不假思索地推开玻璃门，进了商店。

亨利背对着希拉里。他没有转过身，他正在给伯蒂讲神父留给他的陶器里一件精美的艺术品，一听就是从书里背下来的。这对一个外行人可能很有用，但是对内行来说，很容易就能听出来这是在背书。

当亨利刚背完第一段时，伯蒂·埃弗顿说："哦，就到这儿吧。"并向门口走去。这时，亨利转过身，看到了希拉里，他闪身超过伯蒂。红头发的年轻人戴上一顶软呢黑色帽子，从亨利的肩膀旁边经过时，他看到一个女孩儿，就像乳白色的国际象棋棋子那样显眼。

亨利大跨步走到那个镶着花、摆着象棋的桌子旁边。他用略带颤抖的声音大声说："希拉里！"希拉里手中的白色皇后掉了，撞到了一个老旧的怀表上，激烈地碰撞，然后空气好像停滞了。

情绪能够给人带来不同的影响，亨利皱着眉头盯着希拉里，希拉里不敢看他。因为如果看到他的眼神，希拉里可能会又哭又笑，这样太不合适了。她想要保持冷静，不失风度，保持距离和礼貌，要展现自己的机智、镇静和才干。但现在，她竟然把象棋棋子掉到了怀表上。她双颊像火烧一样，如果亨利继续站在这里，什么也不说，那希拉里就准备做点儿什么了。

但还是亨利先打破了宁静，语气礼貌，但有些严肃，“有什么我能为你做的吗？”

该死的亨利竟然这样说话，希拉里抬起头，眼睛发亮，“得了吧，亨利——当然是有事找你！”

亨利的眉毛翘起来，一副玩味的表情。

“那么？”

“我需要跟你谈谈，我们不能在这里谈，去房里吧。”

希拉里感觉好多了，膝盖也不打颤了，虽然没有一直保持冷静，但至少她把自己和亨利从窗户旁边支开，因为他们俩这样在窗边站着，就好像小偷一样。

没多说话，他们就穿过屏风，通过一条黑暗的通道到了小房间，这原来是老亨利·由斯坦迪斯的办公室。现在成了亨利·坎宁安上校的办公室，比原来要整洁了不少。亨利·由斯坦迪斯曾经和世界各地的收藏者们有大量的书信往来，他们的书信都摊在桌子上、椅子上和地板上。但他给大家的回信却总是会晚，因为他有时容易犯糊涂，信写得也很潦草。但帮忙寄信的那个女人非常聪明，一眼就能认出他的笔迹，从来不会跟其他的信件混了，每次发现信封上是潦草的笔迹，就会把这封信拿出来，放到桌子前面，但这样很不容易被发现。亨利·坎宁安的回信量不是很大，他把没回的信放到一个篮子里，回复的信放到一个篮子里，每回一封，他都会立即投递。

第十二章
置气

扫码听本章节
英文原版朗读音频

希拉里坐在一张包了皮革的椅子把手上。她很想坐下来，但这样会让她处于劣势，因为亨利还站着。他倚靠在壁炉台上，安静地看着她的头顶。一触即发。于是希拉里屏气说，“别这样！”

亨利看了她一眼，又迅速看别处了。“就好像我是个黑甲壳虫！”希拉里自说自话。

亨利说：“对不起？”希拉里已经忘了膝盖在打颤，跳了起来。“亨利，我真的不想那样说话！我只是想跟你谈谈，但如果你继续这样像陌生人一样拒人于千里之外，那我就走了！”

亨利尽量避免一直盯着她，希拉里知道他用含糊不清的声音在说自己不是陌生人，其实她内心还有点儿淘气，觉得好笑，心里默念：

“亨利从来都不知道礼貌是什么，

但是他礼貌的时候就在害怕。”

于是她见招拆招，亨利问自己能为希拉里做什么，希拉里看到了他眼里的痛苦，因为自己说：

“没事儿，我要走了。”

亨利先她一步到门口，用后背抵住门说：

“你不能走。”

“我不想走，我想跟你谈谈。但除非你正常点儿。”

“我很正常！”亨利说。

“那就坐下来。我真的很想跟你谈谈，但如果你继续这样凌驾于人，我就做不到了。”

于是亨利听话地坐到另一把皮革包裹的椅子上。要是希拉里不坐到椅子扶手上，他们俩就会靠得很近，膝盖碰膝盖。现在希拉里在心理上占据一点儿优势，因为她俯视着亨利，而亨利要抬头看她。这样希拉里感觉舒服多了，但心里在打鼓，以后会不会都是这样。甚至现在亨利都没有在看她。如果他再也不想看到自己了——这个想法真让人紧张不安。

希拉里开始后悔，早知道就不来了。这时亨利生硬地说，“有什么事吗？”

希拉里又重新感觉到熟悉温暖了。只有亨利真的在意的时候，他才会这样说话，只要他在意就好。希拉里点点头说，“我就是想跟你说说。事情已经发生了，但我不能跟马里恩说，因为这会让她伤心，但我真的需要找个人说说，因为真的非常非常非常重要。所以，我想，我们是——朋友，而且我想如果我跟你说，你应该会给我好的建议。”

你瞧！亨利应该是喜欢这样的——他喜欢温柔的小女人。至少理论上是这样，但他实际上表现出好像已经厌倦了。

“亨利想找个温顺的老婆

每周一次，都找一个新的老婆。”

亨利的脸色好看了一点儿。

“你最好跟我说说，你都做什么了？”

“也没什么。”希拉里摇摇头，语气稍显遗憾，“只是我无意间坐错了火车——那不是我的错。我……我只是看到有个人，让我，让我害怕，于是我就鬼使神差地跳上了去雷德灵顿的火车，坐了好久才发现。”

“有人吓唬你？怎么回事？”

“就是盯着我。对一个年轻女孩儿来说，在公共场合被盯着会神经紧张。”

亨利有点儿怀疑地看着她。

“你是说？”

“你，”希拉里克制自己没有把“亲爱的”说出口，“你真不知道你的眼神有多可怕——至少我希望你不知道，因为如果你是故意的，那更糟。但我真的被弄得心烦意乱，所以我就……结果我在车厢里碰到了梅塞女士，她本来坐在角落里，后来她开始抑制不住地抓着我的裙摆跟我倾吐，我也不知道是她自己要这样的，还是我让她这样的。”

“梅塞女士？”亨利用一个非常奇怪的语气说。

希拉里点头。

“阿尔弗雷德·梅塞和他妻子。你可能记不得了，因为裁决公布之前你去埃及了——杰夫的案子——埃弗顿凶案。詹姆斯·埃弗顿雇佣了一对夫妻，梅塞夫妇——他们是这场控诉的目击证人——梅塞女士的证词对杰夫来说是致命的。我上火车后，她认出了我，然后就开始哭，跟我讲奇怪的事。”

“希拉里，什么奇怪的事？”亨利不再表现出优越感和气愤，他的语气明显热切。

“嗯，都是关于马里恩和这个案子的。她不断地抽泣、平复，还说审判期间她怎么尝试去见马里恩。说她去了马里恩所在的地方，想见到她。她说，‘小姐，我没说假话，我真的试着去见她。’还说是趁丈夫不在溜去的。然后她声音特别小，战战兢兢地说‘要是她看见我就好了’。但马里恩没看到她，因为她在休息。可怜的马里恩，那时候她快死了一样——他们也不让她见任何人——但梅塞女士对此好像特别在意。后来她说梅塞先生回来了，再也没找到机会。还说梅塞先生看见了。”

亨利一直在看着希拉里。

“那真是梅塞夫人？”

“嗯，是的。马里恩还给我看了一张照片，我一眼就认出来了。就是梅塞夫人。”

“她长什么样子？”

“你需要我描述一下吗？”

“不，不用。我是想知道她看起来怎么样。你说她有癔症，她知道她在说什么吗？”

“哦，是的。我想是的——嗯，对，我确定她知道。因为我说她有癔症，并不是说她歇斯底里地发作，她只是非常伤心，你知道吗——她在哭，喘息，一直在抖，隔一段时间她就要平复一下情绪，然后再继续说。”

“她一定是知道什么……”亨利缓缓地说，然后认真地问道，“你并不认为她是疯了，对吗？”

“对，在过了一两分钟之后我马上就不这么想了。一开始我确实因为她的眼神有这个想法，因为她突然就激动地说她认识我，还说了‘谢天谢地他不知道’和‘如果他知道就不会离开了’这样的话”

“他？”

“梅塞。他去走廊了。我一直看着窗外，当我转过头来就只看见一个男人起身去走廊了。我那时候有点儿心烦意乱，你知道吗——因为你在站台上盯着我——所以我没注意车厢里都有谁。等我平复下来，回过头，只看见一个男人出去了，这个女人盯着我看，大约 1 分半钟以后我就不觉得她疯了。”

“为什么？”

“是我为什么一开始觉得她疯了，还是我为什么反应那么慢？”

“都是。”

“好吧，我一开始觉得她疯了，是因为她盯着我对我说‘感谢主’——我觉得每个人都会这么想。后来我发现她真的认识我，审判时看到我和马里恩在一起，还有她那么激动的原因是同情马里恩，一直忘不了她，我就不觉得她不正常了。如果在意的人有麻烦了，就会迫不及待地想要打听，我就是这么想的。但是当我知道她究竟是谁以后，所有她说过的奇怪的话我都记了起来，太奇怪了。”

“你是好奇她有没有疯？”

“不，我是好奇她到底知道什么。”

亨利倾身把手肘放到膝盖上，下巴搭在手上。“嗯，你说过她的证词差点儿要了杰弗里·格雷的命。”

“是的。她当时上楼去帮埃弗顿先生铺床，你知道的，而且她发誓下楼以后听到了声音，好像是争吵的声音，因为害怕所以就趴到门上听，认出了是杰弗里的声音。然后她说觉得那就没有关系，打算离开，这时她听到了枪响，尖叫起来，梅塞从茶水间跑出来，当时他正在清理银器。书房的门被反锁了，他们敲门的时候杰夫从里面开了门，手里拿着手枪。这是非常致命的证词，亨利。”

“那格雷的呢？”

“8 点的时候叔叔打电话给他，让他马上过去。叔叔的声音很伤心，于是杰夫就自己去了。大约 8 点 15 分到 8 点 20 分之间到达，他从书房的落地窗直接进去的，发现叔叔倒在桌子上，手枪放在落地窗前的地上。他说捡起了手枪，然后听到大厅传来尖叫，梅塞夫妇在敲门，于是他发现门被反锁了，就打开门让他们进来。手枪和门把手上只有他的指纹。”

亨利说，“我记得。”然后他把自订婚以后6个月以来一直强压的话说了出来——“那是具有确凿意义的证词。你为什么不相信是他干的？”

希拉里的脸色闪着光。她用力拍手，迫切而真挚，“他没有——他真的没有！不可能是他！你知道吗，我了解杰夫！”

亨利的反应有些奇怪。就像有人吹响号角，就像行军队伍中的鼓点，让你血脉贲张。但希拉里可能唤起了能让亨利心绪不宁的感觉。他微蹙眉头说，“马里恩也像你这么确定吗？”

希拉里的脸色一下子就失去了色彩。她也不确定，可怜的马里恩——她不确定。她被痛苦折磨得已经不再那么确定了。她突然很怕，觉得内心寒冷而恐惧，有可能自己的想法会背叛自己。

希拉里看向别处，声音带着坚定，“杰夫没杀人。”

“那是谁干的？”

“梅塞女士知道。”希拉里说。这话让自己害怕，能明显感觉自己在颤抖。她都不知道自己竟然会这么说。她不加思考就说了。

“为什么这么说？”亨利迅速反问。

“我不知道。”

“你一定知道。你不可能不知道就这样说。”

亨利盛气凌人。这让希拉里感觉是对自己的践踏。她可能会嫁给他，也可能不会嫁给他，但她绝对不能被践踏尊严。于是她抬起头说：

“我能。我不知道为什么我会这么说，但就是脱口而出了。我没有思考，就说了‘梅塞女士知道’——我就是说了，我现在非常确定她一定知道。这就是我的思维——将没考虑的事情就脱口而出，但是当我开始思考，发现这就是事实。”

亨利突然泄了气。她在说这些时，又容光焕发了，看起来是那么有趣，而且她的眼睛像鸟儿的眼睛一样明亮，那棕色的卷发在她俏皮的帽子下闪着光。她想要握手、亲吻，同时亨利控制不住笑出声来。

“还是多笑好！”但是，在希拉里的内心她也在笑，还唱了一首喜悦的颂歌，因为一旦开始笑了，怎么会吵架呢？不可能的。而且她痛恨跟亨利吵架到骨髓了。

“不折不扣的傻瓜！”亨利说，语气不再礼貌。

希拉里摇摇头，咬住嘴唇，因为她不想让亨利看到自己在笑——现在不行。

“那是因为你做不到，所以你这是嫉妒。我以前已经跟你说了，亨利，如果你结婚，那么你一定要注意，因为你很容易让她感到被轻视或者自卑，然后离你而去。”

亨利的眼神还停留在希拉里身上，眼神中好像被什么事打扰到了。这就是亨利，他能用眼神嘲笑你，却让你突然心跳加快。

“我还没注意到这点。”亨利说。

“哦，我就是那种会离开的人。”希拉里说，她眼神坚毅，勇敢地对上亨利的目光。

亨利什么都没说。他不想被吸引。亨利继续看着希拉里，但希拉里的话题又转回梅塞夫人。

“你没发现吗，亨利，如果你不相信梅塞女士的证词——我也不相信——那么，她一定知道谁是凶手。她撒这么多谎不是为了取悦自己，因为她不会高兴的，因为她为杰夫和马里恩感到非常痛苦。所以，如果她在撒谎——我确定她在撒谎——因为她想包庇什么人。我们要找出这个人是谁——我们只需要找出来。”

第十三章
再现分歧

亨利不再笑希拉里，他皱起眉头，并不是针对她，而是针对梅塞夫妇和埃弗顿一案，还有要发现的真相就像大海捞针。希拉里提出对目击证人的挑战，这很好，但麻烦的是，到目前为止，就自己而言，根据这场凶案证人的证词，凶手已经伏法，因为叔叔把他从遗嘱的受益人中删除而被激怒。在他看来，杰弗里·格雷没有被绞死，已经是幸运了。

亨利所带的军队驻扎在埃及，在提洛尔度过了愉快的休假时间后，他回到了开罗。在假期结束前的一两天，詹姆斯·埃弗顿被杀了。当时他因为和希拉里订婚的问题，被占据了太多精力。最终，他们或多或少也是因为这种分歧分道扬镳。亨利坚持订婚，而希拉里觉得订婚会把人绑住。有关这个案子的消息零星传到埃及。希拉里写了大量的书信，信中带有明显的个人观点和倾向性。

但他确实从来没有读过证词，而是接受了最终的判决，为马里恩·格雷而遗憾。他每天数着日子，盼望尽快回来，跟希拉里结婚。但她呢，在这里，并没有结婚的打算，总是试图拖他一起重启埃弗顿的案子。他顽固不化，以一种自然的本能拒绝着。看到希拉里的眉头，亨利用最教条的声音说，“你最好别管了——案子已经结了。”

希拉里又急得拍手。

“不，不可能！在找到真凶，杰夫重获自由以前，这个案子不会结——我越想就越肯定梅塞夫人知道谁是凶手。亨利，这是直觉！”

亨利为这个直觉一直不悦。

“这么说的好处是什么？你自己说对那个女人的第一印象是她疯了。我不是说她是个胡说八道的疯子，但她明显健康状况不佳，情绪容易激动。如果她喜欢格雷夫妇，她当然会觉得因为做出这样的证词对他不利而愧疚。从你跟我说的情况来看，我只是觉得因为做出那样的证词，所以她急着去见马里恩，或者想大吵大闹。”

“不，”希拉里说，“不是这样的。她隐瞒了一些事——我确定。为什么她会说‘要是我见到她就好了’？”

“一个情绪容易激动的人说什么有什么关系？”

“那她为什么说‘我没有机会——他一直看着我’，还有类似‘感谢主，梅塞先生没有认出我，如果认出我一定不会让我们单独待在一起的’这样的话，她怎么会这么说？”

亨利耸耸肩。

“如果你妻子有点儿疯疯癫癫，你也会尽力让她不要打扰别人——从这点来说我不觉得可疑。事实上我相信她确实精神错乱了。”

“我会痛恨嫁给梅塞这样的人。”希拉里说。

亨利大笑。

“希拉里，你真的是！”

希拉里用一种释然的方式看着他，她是花了大量时间和精力才做到的。她从一个引领潮流的电影明星那里学的这个表情，她想看看会对亨利有什么影响。似乎没有任何效果，她开始觉得亨利要斜视她了，于是她放任愤怒的情绪释放。

“当你盯着亨利看时，

他都装作视而不见。”

希拉里用小到自己才能听见的声音说。愤怒的情绪稍微轻松一点儿了。亨利是个怪物——真的。电影里的男主角就像九柱球的木柱，这真的不是眉目传情，就算亨利是全伦敦唯一一个男人了，希拉里也不会嫁给他。她宁愿嫁给梅塞。不，她不会。希拉里脖子后面一阵哆嗦，急切地说：

“你知道我的意思。这足够让人进疯人院了，我应该这么想。”

“所以你是认同她疯了的。”

“不，我不认同。梅塞越是跟着我，不停地强调他妻子不正常，我就越不相信。”

亨利站起身。

“你在说什么？”

“梅塞。亨利，他叫阿尔弗雷德。这很可怕吗？”

“希拉里，他曾经跟着你？”

希拉里点点头。

“是的，亲爱的，我告诉你了，他一直跟着我。我应该想到他可能从索尔威山庄一路跟踪我到图钉人街，我是从图钉人街知道他在跟踪我的，直到我上了巴士，因为他一直在强调梅塞女士脑子不清楚，而且当他说第六遍的时候，我就开始好奇他为什么要说这个。”

亨利坐到希拉里椅子旁边的把手上,两人之间的距离若有似无。

“可能是真的。”亨利说。

“也可能不是。”

两人的肩膀碰在一起。她用挑衅的目光斜视亨利，作势准备吵架。但亨利已经同意希拉里的观点了。他用手臂环住希拉里，但没有越界——当然就像他们并没有分手一样，开口说：

“这就奇怪了。”

“什么？”

“梅塞一路跟着你。”

希拉里点点头。亨利的手臂是很好的支撑——靠在上面很舒服。希拉里说：

“他在火车上就认出我了。我以为他已经从梅塞夫人嘴里问出了什么，可怜的女人。但他不清楚到底梅塞夫人对我说了什么，而他想强调的梅塞夫人疯了的事，我也不信。亨利，你怎么看？”

亨利的手臂收紧了。

“我不知道，她可能真疯了。”亨利说，“但是真滑稽，他是今天跟踪你的？”

“就在刚才——就在我来这儿之前。怎么了，亨利？”

“嗯，很滑稽，因为在他跟你说这个的时候，伯蒂·埃弗顿也在跟我说这个。”

希拉里一个趔趄，要不是亨利抓住她，她就滑下去了。

“抓住！”

“伯蒂·埃弗顿！”希拉里说，还不知道自己被紧紧抓着。

“是啊。你进来的时候他出去了。你没看到吗？”

“我当然看到了，他那种人我一眼就认出来了。他也跟你说这个？”

“好几次，就像梅塞对你说的那样。”

“亨利，你不是为了扯我的后腿儿或者什么吧？因为如果你……”

“什么？”亨利很感兴趣。

希拉里用鼻尖蹭他。

“我不知道，不过可能是永远不跟你说话。”

“那可以给你更多时间让你思考我们接下来做什么！好吧？这次我不是故意的，而且我也不是拖你后腿。”

“伯蒂·埃弗顿是特地来告诉你，梅塞女士是疯了吗？”

“表面上看不是的——不会这么明显的。他认识老亨利·由斯坦迪斯，说他曾从这里买了一套齐本德尔安乐椅，而且给椅子做了刺绣椅套，还说了刺绣针脚之类的事。我想他发现了我对针脚刺绣只有一个模糊的概念，所以我打算把他的注意力转移到瓷器上，因为我最近花了很多时间学习瓷器知识——他说‘哦，是’，还有‘确实’。他还提到了你，问我你是不是我的朋友，我说是的——当然这是在撒谎。” 说到这儿，亨利停住了，因为他在等着希拉里的反应，一是感动落泪，二是反驳他，三是乖乖地躲进他的臂弯。

但希拉里的反应这三种都不是。她脸上现出红晕，向他吐了吐舌头。

亨利皱皱眉，巧妙地继续说下去。

“我想他可能想让我提马里恩，之后的对话就都很正常了——类似对一个家庭来说不愉快的因素，还有关于杰弗里的脾气，然后是梅塞女士，因为提到了杰弗里——‘我叔叔的管家还没有从做出对他不利的证词这件阴影中走出来。她现在脑子已经空了，我想。’然后因为话题跳到店里的那个蓝色的大罐子，他就说别的了，但是过了一会儿，梅塞夫人又成了讨论的对象。而且他说了一件奇怪的事，就是梅塞夫人因为埃弗顿的案子很受刺激。‘她只会讨论这件案子了，’他还说，‘她丈夫真不幸’诸如此类的。还有就是梅塞先生人品多么好，还有关于那个罐子的事儿。你进来的时候他就出去了。然后我们就在这里了。”

“嗯——”希拉里说。

她还在轻轻地前后摇晃。她想让亨利也晃一晃，但亨利没有。他的手像铁锹一样坚实，但倚在上面却没有那么硬。希拉里停下，开始认真地讨论伯蒂·埃弗顿的事。

“要不是他有不在场证明，他不会这么轻易洗清嫌疑。亲爱的，你不讨厌不在场证明吗？我恨不在场证明。”

“你在说什么呢？”

“当然是伯蒂·埃弗顿。”

“他有不在场证明？”

“很多，”希拉里说，“他轻而易举地就提供了很多。而且提醒你，亨利，他想要那些罐子，因为可怜的老詹姆斯已经立了遗嘱，把他立为受益人，在好多年没跟伯蒂说话的情况下，所以他有很强的动机。但不管动机怎么指向他，他都不可能在爱丁堡开枪杀死帕特尼地区的人。”

“伯蒂当时在爱丁堡？”

“被喀里多尼亚酒店的很多人证实过了。詹姆斯是在 7 月 16 日晚上 8 点被杀死的。伯蒂 15 日晚上跟他一起吃了晚饭——也就是 24 小时之后凶案就发生了。然后他去国王十字车站坐车，第二天上午回到酒店，早餐吃得也比较晚。从上午开始一直到下午 4 点 15 分左右，酒店里都有人看到他。他对房间里的铃声大惊小怪，客房女服务员还看到他当时在写信，4 点以后他去办公室投诉电话问题，然后他就外出了，喝了很多酒。第二天早上 8 点半，是客房女服务员再次见到他，因为他打电话叫了饼干，服务员在 9 点的时候去送茶，又见到了他。如果你能想出任何他杀死埃弗顿先生的可能，希望你告诉我。我昨晚熬夜又看了一遍案子的卷宗，除了杰夫，我看不出谁能干这件事儿。今天我找到了那个曾经在索尔威山庄每天来帮工的女工，她告诉我的事情好像让事情更糟了。但我还是不相信是杰夫干的。亨利，我不相信，不相信！”

“她告诉你什么了？”亨利问。

“我不能告诉你——不能告诉任何人。她答应马里恩她会守口如瓶，我也向她发誓我不会说出去。”

“希拉里，”亨利很激动，“你必须放下了！你这是揭人隐私，马里恩也不会感激你的。你知道你在干什么吗？”

希拉里挣脱亨利站起来。

“我想弄清楚梅塞女士知道什么。”

“放下吧！”亨利也站起来，“让这件事盖棺定论吧。你帮不了格雷，也帮不了马里恩。随它去吧！”

“不行。”希拉里说。

第十四章
鬼使神差

希拉里离开了古董店，她怒火中烧，下定决心不被亨利·坎宁安影响得心情低落。如果她让亨利影响到她，她的精神就会崩溃，也会像梅塞女士或者艾希莉那样。一想到这，她内心不免害怕、排斥。她们都曾年轻漂亮——艾希莉更是——但是一些男人让她们失望，践踏她们的尊严，直到她们认命了，一切都付之东流了。她可以想象女人如果傻得可以，梅塞可以轻易扭曲她们的精神状况，而艾希莉以前一定也结了婚，但她的丈夫也践踏了她的尊严。自己与亨利也是这个问题——他天生就是个独裁者，浑身上下打上了烙印。但自己绝不是他可以随意践踏的人。如果他想要一个擦鞋垫，他可以去娶个擦鞋垫，但绝不是希拉里·卡鲁。

大约走了四五百米，希拉里通红的双颊渐渐冷却。她不再生气，觉得在和亨利吵架前没有一起吃顿午饭有点儿遗憾。亨利是个早餐的狂热爱好者。他一定在9点左右吃鸡蛋、香肠和培根，而希拉里是8点左右吃的早餐，她的早餐是面包和茶。好像已经过了好久，她几乎忘了时间——在帕特尼街区徘徊，找到了汤普森夫人和艾希莉，和亨利吵架，这让希拉里饥肠辘辘，特别是和亨利吵架耗费了许多心力。如果亨利不是存心如此，他一定会带自己出去吃午饭，而现在她只能去喝杯牛奶，吃点儿面包，或者肉汁，或者咖啡配牛奶，或者喝杯茶，像其他女人一样。想到这些竟然很失望，因为一点儿面包是不能缓解她的饥饿的，但她又买不起别的。该死的亨利应该先让自己吃午餐的。如果亨利是存心吵架，那么喝完咖啡再吵会更舒服的，而不是在小办公室里和一个空腹的自己吵架，现在除了一个小面包她都不敢奢求其他了。这真不是个明智、愉快的交易。都是亨利的错。

希拉里找出奶油和面包——真是个小气的吝啬鬼。面包里有些小小的黑颗粒，本来是小粒的葡萄干，但现在跟化石一样。这面包不好吃。希拉里又开始想打油诗：

“多凄凉啊，你唯一的面包，
再也不是原来的味道了。”

吃完面包，希拉里掏出钱包来数了数少得可怜的钱。只够买一张雷德灵顿的三等返程车票了。希拉里看着这些硬币，心想，是不是天意让自己去雷德灵顿呢。没理由假设，这些钱应该发挥作用。她甩甩头。总是有这样那样的原因，如果不是有什么理由推动自己，有些事永远不会做。

不顾自己，你永远不会做任何事情。她不知道约翰逊博士用这个理论施加于博斯威尔，他称之为不可避免的推动力。有许多不可避免的推动力，对自己却是驱动力。希拉里的驱动力就是找出梅塞女士到底知道什么。她没有提出原因。如果有，通常都会觉得雷德灵顿是需要去的地方，她对如何找到梅塞一家无从下手——她甚至没有丝毫想法从哪里找起。但她决定买一张三等座，去雷德灵顿找梅塞夫人。

亨利的午餐比希拉里的好得多。他内心竟有点儿小得意。因为一旦让希拉里选，她一定不问亨利的意见，而他们的婚姻生活也已几乎成为泡影。希拉里的问题在于她总是想特立独行，因为她认为只有自己的方式是正确的。她不听解释，也不听他的话，她只是紧闭牙关。在这点上亨利有点儿动摇——她就是这样——好吧，这就是希拉里，她是亨利见过的人里最愚蠢、最顽固的，但也是他一生最爱的人。即使当她被激怒，站在所有人的对立面上。这就是为什么亨利要坚持到底。否则希拉里会试图指挥他，小指一挥就将他玩弄于股掌，让他成为傻瓜。所以当亨利这一感觉非常强烈时，他会用最强硬的语调和最强势的眼神对待她。在这些保护色的背后，亨利惧怕希拉里会离开自己，没有希拉里的生活他不敢想象。她怎么可以离开自己，希拉里是自己的，她也一定知道亨利被吃定了吧？他们不能离开彼此。

亨利对着排骨皱起了眉头，并考虑下一步要做什么。希拉里会回来的。他现在可以让她不受束缚，因为最终她注定会回来的。

同时还有这个可恶的埃弗顿的案子。一年前这个案子就结了，现在却突然又出来制造麻烦，如果希拉里坚持要刨根问底，将引来更多的麻烦。他皱眉加深。那个可恶的梅塞竟然在街上跟踪她。有些东西太可疑，梅塞夫妇身上有很多疑点，但是他应该在让希拉里承认这无情的事实之前，在杰里科见她。

亨利皱着眉头吃完了排骨，同时也在考虑以专业的眼光审视梅塞夫妇和他们的所作所为。首先必须找出从詹姆斯·埃弗顿死后，他们在哪里、做什么。有没有什么事显示会造成詹姆斯·埃弗顿的死亡？他似乎记起来，应该有些零散的遗产，可能被遗落在这里或那里，但是如果有实质性的经济方面的提高，那么就比较容易入手了。所以必须从梅塞夫妇的过去入手。假设在问讯的时候这些已经调查了，但因为杰弗里·格雷的嫌疑太大了，所以调查可能进行得并不深入。他想应该需要找专家研究一下了。

于是亨利返回店里，给查尔斯·莫里打电话，他和亨利多少有点儿亲戚关系，也是非常好的朋友。

“是查尔斯吗？我是亨利。”

“哪个亨利？”查尔斯的声音有点儿戏谑。通话质量很好，看来他是在房里。

“坎宁安。”亨利说。

“喂——你好——嗨！古董生意怎么样？”

亨利不耐烦地皱皱眉。

“我给你打电话不是为了这个。我是想说，你前几天不是说……”

“耐心一点！”查尔斯说。

“好吧，你前几天不是讲到一个侦探吗——”

查尔斯吹了个口哨。

“有人被勒索了？”

“不是，不是我的事，是……是为了我很感兴趣的一个人。我想做些调查，而且我想确认之前做的调查是否准确。我的意思是我不想直接找人去撬开他的嘴。”

“我们的希娃小姐能帮你。”查尔斯·莫里说。

“一个女人？我不知道……”

“等你见到她再说也不迟，或者等她给你带来好消息吧。你知道吗，她把我从最糟糕的情况里解救出来——而且那可不是在野蛮的南美洲，是在伦敦。如果这件事你想保密，可以相信她。她的地址……等一下，找支笔……好了，找到了？南威尔士西勒哈姆街蒙塔古大厦 15 号……还有她的电话号码？……等等，我没有……这是个旧电话号码了。你可以在黄皮书里找莫德·希娃。找到了吗？”

“是的，谢了。”

“来见我们吧，”查尔斯热情地说，“玛格丽特说一起吃晚饭怎么样？下周一或者周三。”

亨利回答说周一，然后挂断电话。他出发去大英博物馆，在那里他花了两个小时的时间浏览埃弗顿一案的记录，详细阅读了审讯和判决的记录。他还是确信杰弗里·格雷已经是侥幸没有被判死刑了。随着亨利往下阅读卷宗，他觉得案件越来越清晰。詹姆斯·埃弗顿有三个侄子。他偏爱杰弗里·格雷，不喜欢伯蒂·埃弗顿。弗兰克·埃弗顿介于两者之间，靠詹姆斯汇款过活。所有的一切偏向杰弗里——在叔叔的公司里安排一个职位，在叔叔的家里有一个房间，是叔叔遗嘱的受益人。然后，很明显，伯蒂过来讲了个故事。他跟叔叔吃了晚餐之后，詹姆斯·埃弗顿就完全改变了主意，让伯蒂取代了杰弗里的位置。顺便，他也把可怜的弗兰克给踢出去了，但也可能跟他没有关系。把杰弗里从遗嘱中删除就是所有事的借口。杰弗里一定是在哪里被人落下了口实，伯蒂借机把杰弗里拉下了马。结果就是，詹姆斯叔叔更改了遗嘱，把杰弗里叫来质问他做了什么，杰弗里情急之下暴怒杀人。只是杰弗里到底做了什么不端的事无从知晓。一定很严重，不然不可能把他从遗嘱中删除。可能叔叔威胁他要曝光，而杰弗里不知道是伯蒂·埃弗顿告发了他——他可能永远也不会知道是伯蒂干的。他失控之下开了枪，于是伯蒂坐享渔翁之利。

亨利很好奇，伯蒂会不会继续给弗兰克救济金。案子看起来毫无疑点，看起来根本不需要求助莫德·希娃小姐。但亨利还是给她打了电话。

第十五章
女神探

亨利在等候室，不一会儿就被领进一间老得掉牙的办公室。这里比办理查尔斯·莫里的案子时的家具更多了，椅子也不是现代风格的。在亨利看来，这就像是他孩提时爷爷奶奶用的东西。壁炉台上摆满了华而不实的相框装裱的照片。

希娃小姐坐在一张维多利亚中期的品质上好、十分结实的写字台前。她人很小巧，一头老鼠皮一样的灰发，被盘在脑后，额头的发缘卷曲。不管是波波头还是伊顿式发型，她都是这么打理自己的头发，她可能压根儿就不知道她现在的发型恰巧赶了潮流。

虽然发型不错，但是只要她本人站起来，就会发现她的打扮都过时了。她穿戴整齐，但一身淡褐色套装剪裁得不怎么合身。她这不显眼的特征让人没法联想她的天赋和性格。她皮肤光滑却蜡黄，未施粉黛，正在织一双小小的白色羊毛袜子，亨利进来的

时候，她正在数针脚。过了一分钟，她才抬头，脑袋微微一歪，声音不带任何色彩，

“请坐。”

亨利真希望自己今天没有来。他真不明白为什么会要这个女人的地址，还给她打电话，预约来见她。整件事看起来真是毫无意义。要是有勇气就应该起身离去，但他没有。他看见希娃小姐把手中的毛线放到一张干净的白色吸墨纸上，从写字台左手第一个抽屉里拿出一本蓝色日记本，写下亨利的名字和地址，然后拿着笔坐下，温和地看着他。

“坎宁安上校，有什么事吗？”

亨利觉得自己真是个十足的傻子。他还觉得这是希拉里的错。他声音有点儿局促：

“我想我可能不该打扰你。”

“你把事情告诉我以后，会感觉好很多的。不知道你读没读过丁尼生？我很喜欢他的作品：

‘冲击，冲击，冲击，

大海呀，冲击灰而冷的岩石，

但愿我能说出

我内心涌起的情思。’

开头通常都很难，但是随着往下进行，你会觉得放松的……”

“是关于埃弗顿的案子。”亨利突然打断她。

“埃弗顿的案子？原来如此。但已经结案了，坎宁安上校。”

亨利蹙眉。就是他的固执让自己像个傻瓜一样，他倒不如坚

持自己的好。

“你还记得那件案子的一些事吗？”

希娃小姐拿起那个毛线袜，用德国人的方式快速织起来。她说：“所有事。”然后继续快速织毛线袜。

“我又重新浏览了一遍卷宗，”亨利说，“我读了问讯和判决记录，还有……”

“为什么？”希娃问。

“那时候我错过了很多信息，因为人在国外，我必须说……”

“我宁愿你没有。”希娃说。她的毛衣针咔哒作响。她温和地看着亨利，“你看，坎宁安上校，我总喜欢自己下结论。如果你能告诉我希望我怎么帮助你，我愿意尽力而为。”

“是关于梅塞夫妇。他们是对杰弗里·格雷不利的最主要的证人。我不知道你记不记得。”

“埃弗顿先生的厨师和管家。对吗？”

“我希望能查一下这两个人的信息。”

“什么样的信息？”

“不管什么信息，你能查到就行。他们的过去，现在的情况——事实上所有的事。嗯，希娃小姐，有人说这些人在判决时做了伪证，但他们一定是出于某种原因。我想知道他们现在的情况是不是比以前要好。事实上，我想了解所有你能查到的关于他们的事情。我不是希望你能找出什么改变案件的事情，或者有什么危害，但是……嗯，事实上我想确认某些人的做法，在对自己没什么好处的情况下想尝试翻案，你明白吗？”

希娃小姐把毛衣针和毛线放到腿上，双手交叉放在上面。

“让我们互相了解一下，坎宁安上校，”她的声音平静，“如果你雇佣我，那么你是雇佣我去调查事实。如果我的调查结果跟这些人有关，你可能会从我的调查结果中受益。这可能是你所期望的，也可能不是。有时候人们不一定喜欢真相。”希娃不以为然地点点头，“你并不知道这种事什么时候会发生。很少有人想知道事实真相。他们只希望自己的观点得到证实，这是不同的事情——事实上完全不同。我不敢向你保证我所查到的事实跟你希望的一致。”她稍显犹豫地咳嗽一声，又开始织毛衣，“我一直对埃弗顿的案子保留自己的意见。”

亨利发现自己很感兴趣，他不知道为什么，跟眼前这个外貌不起眼的人无关。但是希娃女士给他留下了深刻的印象。他迅速问道：

“你的观点是？”

“现在我还不能说。”她又把手里的针线放下，拿起笔，“你希望我尽量调查梅塞夫妇的事，你知道他们受洗时的名字吗？”

“是的，我刚看了案子的记录。他们是阿尔弗雷德·梅塞和路易莎·凯姿娅·梅塞。”

“我想你是不是不知道她婚前的名字？”

亨利摇摇头。

“我不知道。除了证词以外，我对他们俩没有任何了解。我不知道他们住在哪儿，干什么——但我想知道。”

希娃女士记在那本蓝色日记本上。然后她抬头看着亨利。

“如果你信任我的话，我能帮助你更多，坎宁安上校。几乎每个委托人都是一样——他们会掩饰一些事，而往往他们掩饰的事情就是最能帮到我的。通常不到最后都不会说，可是坦诚能帮我节省很多时间和精力。”她又咳嗽一声，“比如说，你朋友是在哪里见到了梅塞夫妇，还有他们见面时发生了什么，这些都能帮助到我。很明显一定是有什么事让她觉得应该翻案，你不同意，但是你雇佣我是希望我的发现能印证你的观点，让你的朋友接受。”

亨利脸红了。他并没有提起希拉里。希拉里是他万不得已才会提起的。他本来都不打算用“某人”来形容她的。眼前这个短小精悍的未婚女人竟然察觉到了希拉里的存在，还知道她见过梅塞夫妇。亨利觉得这个女人很可怕，他皱起眉头看着她，发现她在对自己微笑。希娃的微笑看起来和别人的都不一样。这让她好像亲近得像个朋友一样。于是亨利一五一十把希拉里上错车的事和盘托出。

希娃小姐边听，她的毛衣针边咔嗒作响。她说：“天哪！天哪！”还有“可怜的人儿”。“可怜的人儿”是指马里恩·格雷。梅塞女士的跌跌撞撞，还有由亨利转述的她语无伦次的话，让这个声音完全听不出情绪的女人又咳嗽起来，然后说：“哦，天哪！”

“然后他们在雷德灵顿下车了，坎宁安上校？”

“她是这么说的，但我也不确定她知不知道。因为她是独自出行，而且坐错了车，只能回到镇上。”

“从那以后再没见到他们夫妇？”

“嗯，见到了，她见到了。”

亨利把梅塞跟踪希拉里，还有强调妻子疯了的话都告诉了希娃。然后，他又把伯蒂·埃弗顿来见自己的事也如实相告。

希娃不时抬起头，又低下头。她织得特别快，很快羊毛袜子就现雏形了。

“而且你看，希娃小姐，如果有什么可疑的事情，我不喜欢卡鲁小姐牵扯进来。”

“那是自然。”

“但同时我不能说我认为这个案子有任何疑点。是格雷干的。我只是想……”

希娃抽出一根毛衣针，把它扎到毛线上。

“你只是想印证自己的观点。我说过了，我能给你的只有事实真相——我不敢保证事实如你所想。你还打算继续雇佣我吗？”

亨利的感觉特别奇怪。就像他脑海里有个百叶窗，一下子打开了。光明和空气一下子涌入了一个黑暗的角落——强光、充足的空气。然后百叶窗又砰地关上，一切都黑了。

他说：“是的，拜托了。”他为自己坚定的声音感到吃惊。

第十六章
雷德灵顿

希拉里坐上了下午两点去雷德灵顿的火车。她所在的车厢有一对情侣，一个漂亮的小女孩儿，和一个带着 9 个包裹的女士。至少有 9 个包裹，但后来变成了 8 个。火车已经发动了，那个女士只能在座位周边和座位底下仔细翻找。她声音含糊，不太高兴，同时不断地向别人道歉。希拉里帮她一起找，小孩儿在读六便士小说，那对情侣手拉着手。

丢包裹的女士体型肥胖，十分焦急，说话断断续续。

“我也不知道会丢在哪里了，除非是落在佩里那。那是给约翰尼的袜子——两双很好的袜子。哦，天哪，血本无归啊！布朗先生会说什么我真不敢想。我从来没见过像约翰尼那样对高跟鞋如此执着的孩子，虽然我不能说是艾拉不小心。不好意思，小姐，你会不会不小心坐到我的包裹上了呢？是个很软的东西，所以可能你没注意。之前我有问过你吗？如果我问过，真的是不好意思，但是希望你不介意。我刚刚数了一下，还是8件，怎么数都还是8件。也有可能是梅布尔的围巾，如果是的话，她是不会轻易罢休的，我也不知道布朗先生会说什么。”

希拉里听到她说了好多次“布朗先生”，那是胖女人的丈夫。约翰尼和梅布尔可能是她已长大成人的儿子和女儿，艾拉可能是突然想起的或者比其他两个孩子小得多的孩子。她说得最多的就是布朗先生如何在战场上英勇杀敌，约翰尼得了猩红热却复发了三次，梅布尔多么淘气能惹麻烦，当时她的门牙上要戴牙套——“门牙像兔子那样凸起来，但是真的很可爱，并非是因为她——烦躁、烦躁、烦躁，抱怨、抱怨、抱怨，还说‘我一定要戴这个可怕的东西吗，妈妈？’如果你相信我！你可能绝对不相信我是怎么跟她斗智斗勇的，现在可好了，她都不会跟你说谢谢了——不过女孩儿嘛，就是这样。为什么，艾拉得百日咳的时候……”

希拉里一直在听她讲艾拉得百日咳、约翰尼得腮腺炎，还有布朗先生食物短缺，连一个鸡蛋都吃不上的日子，不过在之前的日子里，布朗先生如果说鸡蛋坏了，吃了也会吐出来。

比起听这些回忆录，希拉里倒不如规划一下这次旅程要做的事情。希拉里本来打算在车上的时候闭上眼睛仔细思考一下，而不是听布朗太太细数家里的琐事，还要动不动附和一句：“多麻烦啊！”“多糟糕啊！”最终，当她走出雷德灵顿车站的时候脑袋里空空如也。她环视四周的人群，感觉心情沮丧到极点。雷德灵顿是个很安静的地方。实际上，雷德灵顿应该得罪了许多人，对陌生人来说，这里就是一个普通规模的小镇。你怎么能在这儿找到一个女人的地址呢？邮局是不会提供地址的，那儿只能寄信。如果给梅塞夫人写信也没有好处，因为梅塞肯定不会让她读这封信。她的证词让杰夫身陷囹圄，这件事几乎把这个女人逼疯了，梅塞可能也意识到这一点了。损坏的弹簧可能无法保证门锁的完好了——这样就没有了阻力，任何有力的手都可以轻易打开它。希拉里越发有信心能让梅塞女士开口，但她根本不知道怎么找到她。

她在车站院子里站着，看着车流消散，理清思绪。去邮局不行，但是这里有食品店——屠宰点、面包店、杂货铺、乳品店。梅塞夫妇一定要吃饭，只要他们出来买东西，当场付钱拿回家，那么这些店主就一定有他们的地址。首先要买的东西就是牛奶。几乎所有人都有送奶工人的电话，于是希拉里打算先去乳品店。通过打听，她找到了四家店。

当她往市场街道走去时，她觉得自己的计划特别完美，一定会成功。但又有两个可能出现的问题：

第一，梅塞夫妇改了名字。

第二，他们住在寄宿房屋或者酒店里，这样他们可能不需要自己采购。

希拉里不认为他们会改名，因为这是件非常容易令人起疑的事。梅塞是不会冒险的。他一定会营造出一种正直诚实的管家形象，有一个精神失常的妻子。希拉里也不觉得他们会住在宾馆或者寄宿房屋里，因为梅塞夫人哭泣或者崩溃的时候很要命。女性村民和房主他们会私下交头接耳，嚼舌根子。梅塞也不会冒这个险。

希拉里转到市场街道的角落，看到自己对面就是第一家乳品店。但那里没有接待过叫梅塞的顾客，但收银台的女人想给希拉里推销一种特制奶油干酪和蜂蜜。她的推销技巧很不错，如果希拉里口袋里有钱，她是一定会买的。事实上，她都有点儿窒息了，希望雷德灵顿的所有人都别像这个女售货员一样高效、灵活。

第二家乳品店就不这样。一个看起来很悲伤的上了年纪的老头儿告诉她，本子上没有关于梅塞的记录，然后咳嗽着让她去别家打听……

第三家乳品店的女孩儿给希拉里带来了第一道阳光。阳光明媚，但又慢慢地、慢慢地黯淡了。这个女孩儿很丰满，像玫瑰花一样美好，马上就对梅塞这个名字有所反应。

“有两个人，梅塞先生和太太——每天都订 1 品脱。是他们吗？”

希拉里的心兴奋得快跳出来了，她没想到如此大海捞针的寻人能有这样的效果。于是，打油诗又来了：

“每天一品脱牛奶，

让绝望远离。”

她急切地说，“是的，应该是他们。他们怎么样？”

女孩儿咯咯笑了。

“她看起来好像灵魂出窍了一样。我不会让任何男人那么控制我的。傻瓜，我都这么说。”

“你能给我地址吗？”希拉里说。

“他们以前跟格林太太住在阿尔伯特新月房间，你知道吧。”

“房间号是？”希拉里迅速问。

女孩儿打了个哈欠，用丰满白嫩的手遮住嘴。

“哦，他们已经不住在那儿了。好像就是一晚上的事。”

失望透顶。

“他们现在已经不在这里了？”

女孩儿摇摇头。

“是你的朋友吗？”她带着一丝好奇问。

“哦，不是，我只是想找到他们——因为买卖的事。”

“你一定要小心，”女孩儿说，她把手肘放在柜台上，向希拉里倾着身体，“我不想跟你说坏话，如果你们是朋友，但是格林太太巴不得赶走他们。她挺喜欢梅塞先生的，但是梅塞女士总让她不寒而栗。格林太太说她在家里就像个幽灵一样，这一点也让大家感到非常奇怪。但是赶她出去最主要是因为她半夜尖叫，把所有人都吵醒了。格林太太说从来没听过这种事。梅塞先生试图让她冷静下来，并向所有人道歉。她说梅塞先生非常绅士。后来他不得已透露了妻子精神不太正常，而且她还说，‘梅塞先生……’——我之所以知道，是因为格林太太是我姨妈的朋友——‘梅塞先生，我真为你感到遗憾，如果你的妻子在受病痛折磨，我很难过，但这里真的不适合这样的病人居住，我不得不麻烦你们另寻住处了。’姨妈说她做得对，因为这样的情况他们需要找一处自己的房子，不管他们寄宿在哪里，那处房子都不会有好名声。梅塞先生觉得很不好意思，保证不会再出现这种事，但是他们会搬走的。”

“那他们走了吗？”希拉里发出一声孩子般的哀号。

女孩儿点点头。

“第一件事就是把账户都关闭了。”

“你不知道他们去哪儿了？”

女孩儿摇摇头。

“不太知道。但格林太太说可能是莱德斯托一处要转让的农舍。”

农舍——这正是刚才希拉里想到的地方——一个没有人能让梅塞夫人接触到的地方——一座独立的农舍，女人尖叫的时候也不会有人听见。希拉里觉得自己的脊柱一阵发凉。

“你能告诉我怎么去这个农舍吗？”

女孩儿又摇头。

“对不起，我不能。”

“格林太太可能会知道。”

她还是摇头。

“她恐怕不知道，因为这件事她也是听别人说的。”

“那个人是谁？”希拉里急忙问。

女孩儿又笑起来，懒洋洋地倚在柜台上。

“是梅塞先生自己。梅塞先生从一个朋友那听说了有一处农舍，他想过去看一下。于是他就过去了。格林太太听的时候没太在意，后来她才想起来。”

现在阳光完全黯淡了。

"这离莱德斯托多远？"希拉里声音沮丧。

"大约 7 英里。"女孩儿说。

7 英里。希拉里的心沉到了海底。这真是个黯淡、阴郁、雾霾般的下午。现在天黑得早，已经是傍晚时分了。这处农舍在离雷德灵顿 7 英里外的莱德斯托。而且关于位置的描述"就在莱德斯托公路之外"也不够详尽。希拉里不可能因为这完全模糊的描述在雾气中来回 14 英里的路程。唯一留在她脑海里的事就是梅塞今天上午跟踪她，希拉里突然想起梅塞是怎么去帕特尼的，为什么会跟踪自己？昨天下午梅塞夫妇去了雷德灵顿，也许是从他们去莱德斯托看农舍的路上回来。那他们应该还是在格林太太家过夜——或者没有睡觉，因为梅塞夫人会尖叫，把房顶掀翻。格林太太给他们下了通牒，第一件事就是要搬走。那么，这让梅塞一早就起来去帕特尼的索尔威山庄。那梅塞女士呢？她为什么去帕特尼？梅塞女士为什么半夜尖叫？是的，梅塞女士为什么半夜尖叫？

第十七章
惊人发现

扫码听本章节
英文原版朗读音频

希拉里放弃了，她感到自己就像花园里的石头一样那么渺小。她急切地想找到梅塞女士，并弄清她是不是真的疯了，或许失败之前，她将要在黑暗中沿着一条不熟悉的乡间小路往返 14 英里，去寻找一个可能并不存在的农舍，和一个可能在英国其他地方的女人。她午饭只吃了牛奶和面包，她想喝茶。不能买很多茶，因为只有 7.5 便士了，其中 2 便士必须为巴士车票留出来，但她做了最好的利用。

坐在回伦敦的火车上，希拉里发现她对自己的看法正在上升。也许是因为喝了茶，也许是因为通常意义上的精神恢复，使她觉得自己做了正确的事情。在黑暗中迷路太愚蠢了，也不可能整夜不回家让马里恩担心，今晚是马里恩最需要陪伴的。因为在看望杰夫后，她总需要好几天时间恢复。不，回来是完全正确的。她最愚蠢的是竟然下午出发去雷德灵顿，要做的事情应该是早点儿去那里，不能晚于10点，才有足够的时间寻找农舍和梅塞夫人。天黑赶路时最可怕的就是听到身后有脚步声，就像梅塞今天早上跟着她。希拉里很讨厌这样，但是如果黑暗中赶路，想到了白天帕特尼街区噩梦般的经历，才是最不愉快的。

这些自我建议很容易安抚她。农舍又不会长腿跑，如果梅塞女士在那，她也不会逃。希拉里打算明天典当阿拉贝拉阿姨的戒指，继续去雷德灵顿。那是希拉里见过的最丑的戒指——非常大，红宝石切割粗糙，埋在一大块黄金里。重得像灌了铅，戴上也不合适，但在紧要关头它能换来救命钱。希拉里认为现在就是个紧要关头，她打算租一辆自行车，放弃无休止的徒步。慢慢地，她睡着了，睡了一路，很香。她做了一个梦，梦见了亨利——一个鼓舞人心的梦，亨利承认自己错了，唯一的愿望就是被原谅。这不大可能发生的画面真是个很大的安慰，在梦中这个懊恼、谦卑的亨利似乎有点太好了，不太真实。希拉里一下子惊醒了，并没有再做梦。

马里恩回到家的状态，让希拉里庆幸连夜从雷德灵顿赶回来。马里恩全身冰凉、难以置信地劳累，在希拉里把她扶到床上之前，她昏过去两次，好不容易把她安顿到床上睡觉，她也只是躺在床上，直勾勾地盯着天花板，痛苦无言。估计这一周都去不成雷德灵顿了，马里恩病了，需要有人照顾，希拉里要劝她吃饭，安抚她、引导她把想法说出来。她必须休息，但不能留她一个人待着。必须要有个人跟她说话、给她读书、逗她开心、帮她喂饭。艾米琳阿姨给了一张支票，但希拉里必须工作——打扫公寓、买菜做饭、照顾马里恩。至少这段时间，不能考虑雷德灵顿和梅塞夫妇的事了。

也是在这段时间，亨利·坎宁安预约了第二次访问希娃小姐。他被电话通知前去。希娃小姐的语气温和、一丝不苟，让亨利拿不准她是否有任何线索或好消息，或者她只是要告诉他没有任何消息。

希娃接待亨利时，还是和上次一样，头微微倾斜，似乎在织同一只白色羊毛袜。当他就座，她拿出了卷尺，整整量了好几分钟。然后她卷起尺子，声音轻快：

“好了，坎宁安上校，我有些消息要告诉你。”

亨利并没有多高兴，但明显很吃惊。侦探的嘴里透露出的消息一般不会太好。其实他对埃弗顿一案很不耐烦，也不是很情愿听到希娃小姐的消息。她那寓意不明的眼神温和地落在亨利身上，声音优雅端庄：

“弄清了一些令人咋舌的事情，坎宁安上校。我觉得你应该马上知情。”

亨利的语气有些焦虑地说：“是吗？”他不知道该说什么——感觉自己像个傻瓜，觉得无知，觉得愤怒。

希娃小姐的毛衣针咔哒作响。

“非常意外，我认为。但你也一定有自己的评判。就在你委托我的第二天，我待上侦探帽去了萨默塞特府。因为你没有提供给我梅塞女士出嫁前的名字，但我想可以通过她的婚姻登记情况找到线索。一个案件中，这些历史信息非常重要。她受洗时的名字，本身就不太寻常，而且有两个名字并列，让我觉得很乐观。因为应该不会有好几个路易莎·凯姿娅嫁给阿尔弗雷德·梅塞。”

“然后呢？”亨利又问。

希娃小姐停顿了一会儿数针脚。

“10，12，14……”她喃喃自语，“织一下，滑一下，两针并一针……”

袜子的一圈织完了，她又在毛线上插上一根毛衣针。

“好了，坎宁安上校，命运——或者我应该说天意——也站在我这边。我成功查到了婚姻登记状况。梅塞女士结婚前的名字是路易莎·凯姿娅·安科黛尔。她的姓很少见，应该也很好查到她的过去。不光这些，还有一个关于这桩婚姻本身的发现——就是结婚登记的日期。”

“嗯？”亨利·坎宁安说。他的感觉不再复杂，而是有些兴奋。他不知道自己想听到什么消息，但是明显失去耐心了。

希娃小姐又停下了手中的毛线活儿。

“这个时间值得深思，坎宁安上校。阿尔弗雷德·梅塞和路易莎·凯姿娅·安科黛尔结婚登记的日期是1935年7月17日。”

“什么？”亨利很吃惊。

“7月17日，”希娃小姐说，“就在埃弗顿先生死后第二天。”

“什么？”亨利不敢相信。

希娃小姐又开始了毛线活。

“想想，坎宁安上校，我跟你说过值得深思。”

“就在埃弗顿死后第二天？但是，当时他们是作为一对夫妇为他工作超过1年了。”

希娃小姐抿了抿嘴唇。

“不伦并不只属于上层阶级。”她说。

亨利从椅子上站起来，越过椅子看着她。

“埃弗顿死后第二天……”他又重复一遍，“这意味着？”

“你认为意味着什么，坎宁安上校？”

亨利不再皱眉。这个情况太重要了。他看起来极为不安。

“妻子不能做出对丈夫不利的证词……”

希娃小姐点头。

“没错儿。法律里，丈夫和妻子视为一体。男性不能被强制入罪，但他可以认罪，妻子如果愿意，可以给证词。这条法律，如果让我说，对已婚人士是极为不公的。法律在案件中把他们视为一个整体，个人所得税也是一起交，夫妻的税收税率更高，但涉及遗产税时，夫妻双方又被视为个体，在世的一方会被征收罚金。”

她说的这些亨利没怎么听进去。他的思维已经全部被梅塞夫妇的事塞满了，亨利说：

“梅塞夫人不能做出对他不利的证词，梅塞急于让她封口。”

希娃小姐又点点头。

“当然。我希望你能坐下，坎宁安上校，我这样跟你说话很累。”

“请原谅。”亨利说着坐了下来。

“我的侄子六英尺高，”希娃小姐说，她又开始快速织毛衣，“就像你那么高，我不断提醒他，跟这么高的人说话真的很累。好了，我们再说回梅塞夫妇。当然他们仓促结婚登记也可能有别的原因，但首先可以肯定，梅塞的配偶不可以做出对他不利的证词。但如果接受这一说法，那么结论就非常阴险了。”她把针线放下，直视亨利，“考虑一下结婚的日期。”

“凶案的第二天。”

“是的。但是你想一下，坎宁安上校，你不可能直接去注册办公室登记，必须要提前通知。”

“我知道，但我不知道提前多久。”

“在通知和实际登记之前必须预留一个工作日。他们是在7月17日登记的，那最迟也要在15日向登记处发出通知。而埃弗顿先生是在7月16日星期二晚上8点被杀害。如果这桩婚姻是为了这次犯罪而精心设计的，那么一定是提前36小时计划好的。争吵也不是突然发生的，而是在愤怒和怨恨交织下引起的冲动犯罪。对你我来说，就是‘有预谋犯罪’。”她咳嗽了一下，“你明白吗，坎宁安上校？”

亨利明白了，他用手抱住头，现在考虑的是一些希娃小姐不知道的想法。他好像看到埃弗顿的案子被重新发难，一系列不快的事像洪水般涌来。他好像看到希拉里卷入这场洪流，被溅上污渍，陷入泥沼，一身污泥。他好像看到希拉里扬扬得意，因为事实证明她是对的，自己是错的。亨利发现自己根本无法相信杰弗里·格雷是清白的。他不明白杰弗里·格雷怎么会是被冤枉的。如果梅塞夫妇牵涉其中，如果梅塞结婚是为了让梅塞夫人闭嘴，那只会对杰弗里·格雷更加不利，因为这次犯罪原先被证明是没有预谋的，就像亨利在读过卷宗之后，相信杰弗里是因为被剥夺继承权而控制不住怒火失手杀人。这是自己相信的，也是陪审团相信的，实际上所有了解这个案子的人都这么想。但如果被证明是有预谋杀人……他开始退缩了，因为这可能给马里恩和希拉里带来更多的痛苦和不好的名声。

希娃小姐安静地看了他一会儿，最后开口道：

“好了，坎宁安上校？我还继续说下去吗？这由你决定。”

亨利抬头看着她。他都不知道自己是怎么做出这个决定或者说为什么这么冲动。他说，“请继续说。”

第十八章
天意

希拉里护理了五天后，马里恩·格雷回去工作了。恰好此时，雅克·迪普雷在普罗旺斯给自己的姐姐写了封信：

“今天，我在街上遇见马里恩了。真让人心碎，她看着就像是在石头上雕刻的影子……”

雅克是个诗人，他爱了马里恩许多年，爱而无果——一场无望的单恋。

希拉里想让她多休息几天，但马里恩说完，希拉里就沉默了，

“别阻拦我，希拉里。如果我停下了，我可能会死。如果我死了，杰弗里就没人可依靠了。”

在上次无果的拜访后，正是上面这番言辞让希拉里又去了雷德灵顿。这次她不打算因很晚回家而被发现，于是坐了 9 点 30 分的车，下车后，伴着清晨的寂静，她走出车站，来到市场街。下

午暂且不提，希拉里只希望能在此之前找到梅塞夫人。她典当了阿拉贝拉姑妈的戒指，钱包里有 4 镑 16 便士，她感觉自己俨然成了资本家。全部家当她都随身带着，因为自行车商店在出租之前总会问陌生顾客要押金。即使交了押金，他们也担心这是个不靠谱儿的交易。

希拉里走了三家自行车商店，终于遇到一个乐观温和的年轻人，不但给她推荐了合适的车子，还告诉了她大量雷德灵顿和莱德斯托之间农舍的信息。他一头浓密的金发，有 4 英寸长，脸上长满小雀斑，是希拉里见过的最友好的人。他没听说过有外来人买了农舍——“也可能只是我没听说。小姐，你知道的，我每天就是给车胎打气。有可能是格林豪先生的农舍，里莱德斯托公路 1.5 英里远，向左拐到小路上……就在那附近。听说他搬去伦敦和女儿女婿住了，但是弗雷德 · 巴克尔告诉我他会回来的。也可能是卡特尔先生刚给女儿建的新农舍，只是她一直没结婚，所以才决定出租。但我不知道那是不是你所谓的农舍，但是你可以去看看。还有一处是索姆西斯小姐的，一般都是夏天出租，但现在又不是夏天，这两家都离主路大约 0.5 英里吧！”

“我想这应该不是。”

年轻人打完气，直起腰。

“还有一处是哈姆皮 · 迪克的农舍，”他语气有些迟疑，“又脏又旧，都快要塌了。我觉得没有人会愿意买这里，但是谁知道呢？”

这听起来很糟糕，但希拉里不是来找好房子的。一个疯了的女人最好是被藏在一个破旧、偏僻的地方。

希拉里问："我怎么过去呢？"然后又有了意外的发现。

"你过来的第三座桥那里有个向右拐的小路——不过，也称不上小路，但确实有条道。不用太在意，直走，有片小树林，还有一个池塘，但不用走到池塘那么远。沿着小树林有条小径，往右走就到了。但我觉得那应该没什么人，因为自从去年 1 月，哈姆皮半夜从采石场摔伤后就被兄弟接走了。我听说一个来自伦敦的绅士买下来了——好像是个画家——但现在他肯定没搬进来。因为我曾经自己去过，大约两周以前吧，那时候还是空着的。"年轻人继续说，直到希拉里明白莱德斯托路上建满了带状房屋，而那些他说的农舍基本都是一家挨一家的。

谢过年轻人，希拉里交了 2 英镑押金就走了。她去了房产中介后，后悔没有多听年轻人说点儿。

房产中介非常冷漠。他们不爱交谈也不乐于助人。对梅塞这个名字没什么反应，对于被出售的农舍也不知情。索姆西斯小姐从来不在冬天出租，格林豪先生的农舍不归他们管，卡特尔先生打算自己搬进新房。最后，汉弗莱·理查德先生的房子在一个月之前已经卖了。他们不愿意透露买家的信息。前三家中介都一样，但是第四家一个年轻的职员告诉希拉里，那处农舍以非常低的价格卖给了从伦敦来的绅士——威廉姆斯先生，他打算夏天来度假的时候住。

到这个点儿，希拉里饿了，今天她不打算午餐吃面包、喝牛奶了。但因为只有一个戒指可以典当，如果午餐想吃两个菜，咖啡里还要加奶油，那就破产了。

大约下午1点半，希拉里骑车离开雷德灵顿，她经过几排新房，有的完工了，有的还在施工，也没有完全入住，还有一些仅仅是骨架。希拉里骑着租来的自行车，一条未开通的小路有些颠簸，她觉得那个年轻人太热心了，车胎打气太足了。但是这辆自行车有漏气的倾向。

一旦骑过这些房子，两边就是一片开阔的绿油油的田野了，远远地与阴沉、低矮的天空相接。早晨天气还好，但天气预报已经预报了早晨过后会这样。希拉里，把这想成“黎明前的短暂黑暗”，她没有受到天气影响，但是当她看到灰蒙蒙的天空时，一些被遗忘的片段慢慢浮现在脑海。好像有什么东西“更凉了”，天气也确实转凉了。这都没关系，但是还会有“后续进一步恶化”，她有种沮丧的感觉，“迷雾”这个词可能就是这么来的。她本应该更好地打算一下的，但是她不想，因为她想的是在11月把这件事搞定，如果因为天气预报就允许自己拖延，倒不如什么都不干。但是希拉里确实希望今天没有雾。

大约4点左右，浓雾来了。希拉里已经去了15间农舍和6处民宅。他们都说没有出租过房屋，但相当一些人后来也改口说夏天的时候不介意安静的淑女或绅士入住。还有一个人曾说自己以前是个演员，所以不介意。他们似乎看起来都对希拉里的不请自来非常抵触，因为现在是一年中农闲的时候，他们都想安静地休息休息。希拉里一定要找到那条去哈姆皮·迪克的农舍的小路，虽然路过了几处林子，但她还没找到那个年轻人说的池塘。这也不奇怪，因为年轻人忘了跟她说 1933 年旱灾以后池塘就干涸了。希拉里到莱德斯托后，发誓再也不想听到农舍这个词了。

她在莱德斯托喝了茶。那是一个乡村酒吧的雅座。屋里非常冷，房间沉闷，窗户几个月没打开了。但视线所及都非常干净，刚抛了光。红色和绿色的油毡像镜子一样反着光，空气里混合了肥皂、清漆、松节油、培根、洋葱和旧家具的味道，有一张沙发和三把带软垫的椅子，软垫是考究的老式挂毯，不知道原来的颜色就这样，还是褪了色，成了现在这种均匀的浅褐色。壁炉上装饰着纸质雕花，壁炉台上摆着一个亮蓝色的花瓶，瓶身上印着一束紫罗兰，一个铜制光泽的糖碗，边缘装饰着粉色和蓝色果实，还有一个有点儿吓人的小物件陈列着科尔切斯特的武器（为什么是科尔切斯特的？），一个黄铜烛台闪闪发光，还有个玩具，一个长满条纹的宠物斑马在吃小女孩儿手里的食物，小女孩儿穿着带图案的连衣裙、黄色的衬裙，斑马身上挂着两个篮子，一个装满水果，另一个装满鲜花。希拉里一眼就喜欢上了这个斑马，在端详它身上的条纹时忘记了苦涩的茶和腐臭的黄油，也暂时忘记了还没有找到梅塞夫妇。

可是房间里既不暖和也不舒服，如果这里生了火，提供一张舒服的椅子，希拉里可能即使天黑了也不想走。现在天色还不算太暗，但就要黑了，不久，雷德灵顿方向的灯光亮了，很快就要下雾了，不，已经起雾了，而且看上去雾气越来越浓。嗯，不能留在这里了，该走了。希拉里打算放弃今天找到梅塞夫妇的想法了，她推开雅座的门，却看到阿尔弗雷德·梅塞正从走廊走过来。

第十九章
惊心动魄

希拉里的心彻底凉了，也更坚定了，她关上了门。站在门里边，什么都不想，也没有任何动作，只是等着，她都不知道自己等了多久。

梅塞是要过来吗？并不是。脚步声过去了，听不到了。他来这里做了什么？她又开始思考这些问题，但她想不到答案，她没有任何思路。梅塞是不是跟踪自己？她一定要找到答案。梅塞走到壁炉边，敲了敲钟。

似乎暂时没人能回答。女孩端来茶，对希拉里说要付 18 便士。希拉里拿出 2 先令 16 便士，给了女孩 1 先令 16 便士，另 1 先令拿在手里摆弄。

“你能告诉我刚才进来的男人叫什么吗？”

女孩长得胖乎乎，身型宽大、面色红润，脾气温柔，她看着那1先令，说：

“小姐，我不能。”

“你不知道他叫什么吗？”

“是的，小姐，我不知道。”

“你之前应该见过他，他之前来过这里对吗？”

“不，小姐，他没来过。”

“你是说你没见过他？”

“是的，小姐。”

希拉里气得直跺脚。女孩知道些消息吗，还是一无所知？她似乎又蠢又轴，可你也无法确定什么。女孩待不下去了，因为可能会被问些尴尬的问题。无论那女孩是否认识阿尔弗雷德·梅塞，但可以确定，梅塞认识希拉里·卡鲁，那个无精打采的女孩进屋的时候没有关门。希拉里·卡鲁开始紧张起来，但她还得表现得机智。

当她来到走廊尽头，手搭在门上时，发现阿尔弗雷德·梅塞也正往这边走。希拉里连忙拉开门，溜了出去。

嵌入式的门廊和几阶楼梯上，她的自行车靠在旁边，不过被人摔倒在楼梯上。她扶起自行车，动作非常迅速，马上就摇摇晃晃骑到马路上了。她身体前倾，想打开电灯，但却没什么作用。天色还没有太晚，但雾气很重。是她自己错了，非要去喝茶，一心喝茶势必忽略了她本应该要做的事。她开始用一些激烈的言语形容那个头发蓬乱、在有雾的下午给了情报让她出门的年轻，那只电灯泡估计去年就已经坏掉了。

她才骑了几百码距离，差点掉进水沟。因为马路突然向右急转弯，自行车却径直向前去了。她跳下车，看了眼电灯，没有一丝光亮。她把灯左摇右晃，打开关掉反反复复，又恼火地使劲拍，终于照出一线美丽的亮光，她才发现自己进到了一片田地里。她重新回到马路上，爬上自行车，往雷德灵顿方向使劲蹬车，迫切希望阿尔弗雷德·梅塞是步行的。她确定梅塞没有乘汽车，但是有可能骑着自行车。她的常识隐隐拷问自己，阿尔弗雷德·梅塞为什么跟踪我？梅塞已经告诉过她无数次，他妻子疯了，按说梅塞应该满足了。不理智的声音又一直低声告诫她："希拉里，使劲儿蹬，为了自己的命！他正在追你，他就要来了！"

事实上，梅塞先生是来酒吧里喝酒的。希拉里转头的时候梅塞认出了她，并且在半掩着的门中看到了她，但梅塞到了门廊就没有再跟上她。原先绊倒梅塞的自行车消失不见，一定是卡鲁小姐骑走了。他下了几步楼梯但没有去马路上。梅塞回到酒吧，点了 1 品托啤酒，混有杜松子酒，等着因雾迟到的同伙到来。他的同伙开车来。如果要跟踪卡鲁小姐，那么他们应该是乘车去。他嘴里咒骂了几句该死的天气，然后思考怎么处理卡鲁小姐。

10 分钟后，一辆车停在小酒馆门前，随后不到 5 分钟，又多载一位乘客离开了，往雷德灵顿路方向。

大雾逐渐加重。希拉里碰到坑洼的路不得不推着自行车走。推车走撞到水沟或树总比骑车撞上好一些。一想到如果受了伤，在如此潮湿泥泞的路上睡一夜，她内心就极其抗拒。接下来状况愈加糟糕，出现了更多难走的小路，她开始无比真诚地希望这次徒劳无益的事没有发生过。童真如她，她又哼起一段动听的旋律：

“你想追天鹅，它在随意飞，

你要多留心，天鹅在脚下。”

她骑了一会儿，又不得不下车推着走。说来也怪，骑在车上她觉得更安全一些。尽管她可能步行应该安全得多，但每一次她下车，总有一种一脚踏进危险的感觉。就好像雷德灵顿路上同时升起另外一层迷雾，恐惧之雾。每次她骑在车上，就仿佛踏在这恐惧之雾里，而一旦下了车，恐惧更深重、更令人毛骨悚然。

一旦听到任何声响她就会紧张得不行，让她竖起耳朵。如果她站住，却只能听到自己的呼吸声，再没有别的声音。没有东西在动，除了自己——希拉里·卡鲁。要不是自己是个顽固的傻瓜，怎么会在这里呢，没有人比自己更傻了。她仿佛又想起了亨利在身边，对自己说离埃弗顿的案子远一点儿，不然万一发生什么不好的事情怎么办。希拉里·卡鲁，在一条雾气浓重、没人经过的路上，没有人知道的地方——很久很久没人会知道。

“真是个白痴，”希拉里自言自语，“现在思考这个问题的意义是什么？停，你听到了吗？立刻停止！而且你也不能去想亨利！这很有破坏性。他不在这里，如果他在的话，他可能会像毒药一样憎恨你。”

“但是有他在，我不会被谋杀。”此时的希拉里仿若另一个人，她充满恐惧，没有真正的自尊，如果亨利在，她会投入他的怀抱寻求安慰，即使亨利厌恶她。

这时，她听到了车的声音。

她感到放松下来，此刻她可以做回自己。寂静让她害怕。大道上，熟悉且让人感觉舒适的往来车辆声打破了这死一般的沉寂，也打消了希拉里内心的惧怕。尽管雾气并没有那么厚重，但是她明显地察觉到车开得很慢，这样她可以跟着车尾灯一直骑到雷德灵顿。

她小心翼翼地骑着车，心里想，车子靠近时，她最好马上跳下来，以确保能不挡路。时间应该还足够，因为她能听到，车开得并不快。当然也不可能开快，每小时 10 英里已经是任何人的极限了，除非他们想在第一个弯道驶离马路。

之后希拉里清楚地记住了所有的事情，她尤其记得她当时的想法是，如果车速不超过每小时 10 英里的话，她就能赶上那辆车，但在那儿之后就出现了混乱。有一种光和一种噪音。那辆车一定是开着雾灯或者前灯被调低。噪音是汽车呼啸而过发出的声音，她吓得跳起来。如果她没有在心中准备好，她不会有时间跳起来，她计划车开近时，就跳到草地上的，这救了自己一命。热气，还有刺耳的声音，她的头撞到什么硬物上。黑暗中看到了星星——轮转火花和金色雨——然后什么都没有了。她摔得很厉害，头撞得足足懵了大约一分半钟。如果时间再长，大概自己就死了。

她清醒后头疼得厉害，然后被抬起来，一个声音在说："只是撞傻了。快，现在我们就解决她！"是她没有听过的声音，他说什么对她没有意义。她的思想已经完全放空了，没有力气来掌握任何事。她只知道头很疼，没有其他的了。就是这样。

还有别的东西来到这个世界。砂砾——冰冷、潮湿的在摩擦自己的嘴。好可怕。她动了一下，触及尖锐的东西，有什么东西割了她的手。她没有被抬起来，而是脸朝下躺在地上，嘴里有砂砾，她的脸颊上有什么东西又湿又硬又冷。公路——她躺在公路上。她的手割伤了，很疼。她被什么锋利的东西割伤了。她想起了自行车，一定已经粉碎了，她现在怎么回雷德灵顿？

所有这些想法真的只是一瞬间的事。意识回来了，他们在那里，等着光线照亮他们。她听到汽车引擎轰鸣，看到车灯照着她，然后有人砰地关上了车门。

开车的人把车挂满挡，脚在油门上猛踩。

希拉里听到了引擎的突然轰鸣声。对她来说，这个声音意味着危险、恐怖。两个人从草丛中抬起她，把她脸朝下放在了汽车行驶的轨迹上，自行车在她旁边。如果从自行车上掉下来，你很有可能脸朝下跌到地上。那个男人已经考虑到这一点，他们把希拉里脸朝下放在地上。第二天早上她会被人发现死在这里，是大雾下的牺牲品。如果他们不关心这点，把她背部朝下放在地上，这个计划就将失败了。但他们考虑到了。吓得目瞪口呆的女孩儿在湿滑的道路上，毫无疑问会挣扎。

听到那咆哮的声音，希拉里用双手撑起自己，盯着汽车的橙色雾灯，看到它冲向自己。但就在它快开来的时候，她用尽全身力气侧身、滑行、冲出公路。她的脚莫名其妙地不听使唤，绊倒在草地边缘，直到她被一个篱笆突然挡住。盲目的恐惧是本能。身上扎了荆棘，她没有感觉到，黑莓树枝打在她脸上和嘴上，她双膝跪下开始挖洞，摸索到一个缺口能让她通过。她的头发被刮住了，大衣撕破了，交错纠结的树枝挡住她的背部，但她使劲推开、挣扎着通过，过去后，希拉里蜷缩着头，膝盖抵住脸，以抵挡那恐怖的声音——她气喘吁吁地呼吸。她几乎昏厥，但没有完全昏过去。以为可以在忘却和噩梦之间摇摆。然后她想起他们会追来。他们会找她，不能让他们找到自己。

她起身就跑，尽可能快地跑出田地。

第二十章
农舍相遇

在路上，汽车停了下来，刹车失灵了。其中一个男人跳下车跑回来，他和司机之间发生了分歧。浓雾让人很难看清，车轮好像撞到了什么。但愿那是希拉里·卡鲁的尸体。

他过去查看，路上没有尸体。但到处散落着被碾碎的自行车，看上去十分凶险。他踩踏车轮的边缘，六七根辐条飞向他，撕碎了他的裤子和腿，刺进他急于抵挡的手掌。他愤恨地大叫，踢飞了踏板，回到了车上。

这一切就发生在一两分钟之间。这时开始有人来了，一个拥挤的小房间里电灯开了，希拉里不小心又撞进另一处篱笆。要是没有那么头晕眼花，她可能会直接往空地跑去，而且她可能已经被追上，因为那个男人很快就发现了她第一次挣扎逃脱的篱笆。借着雾气，她可能会逃脱，但对方有两个人，体力充沛，手里还有手电筒。他们被逼到危急关头了。但希拉里也是，如果她一旦软弱或动摇……但她的弱势却帮助了她，她没有走直线。她的头脑一直在思考，虽然没意识到，但她对了。这条路线让希拉里来到了田野的一个角落，带她来到一条从路边延伸出的篱笆上。她匆忙穿过，幸运地找到了一个缺口，发现自己在一个山坡上，她来到一处中空、深远的地方，周边都是灌木。希拉里到这以后就停了下来，她匍匐在地上，浑身发抖，灌木丛遮住了她，雾气又笼罩住灌木丛。在这个可怕僻静的地方，好像是她在野外狩猎的避难所。大地支撑着她颤抖的四肢，黑暗是很好的保护伞。枯萎的灌木丛是站岗的哨兵。如果有人靠近她，或者伸出手，就会有树枝折断或者咔咔作响的声音。

渐渐地，希拉里放松下来。她的心慢慢平静，头脑也清晰了。她仔细听着，没有人追上来。

过了很长时间，传来一声微弱的声音。只是一个声音——距离很远之外的一个无法辨别的声音。希拉里在恐惧中感到紧张，等待着声音越来越近。然而最后还是一片寂静。然后突然一声尖锐、清晰的砰的关门声，然后就是引擎启动。

希拉里双手紧握。他们上车了，关上门、打开引擎。他们已经放弃寻找希拉里，打算离开了。哦，太好了，太好了，太好了！

突然，希拉里肩胛骨之间一阵发凉。万一是个骗局呢？万一他们是设下陷阱，等自己原路返回，然后被抓呢？在雾气的帘幕后，有人在窃窃私语：“快，我们能做到！”他们这次不会放过她了。汽车会像自行车那样把自己碾碎。她再也见不到亨利了。这让她很受伤害，却也是好事儿。她再次感受到自己想再见到亨利的决心。不管他们要干什么，她一定要见亨利。

希拉里突然变得冷静下来，她又重新恢复了勇气。这不是一个轻松的心态下年轻人的勇气。“报纸上，可怕的事常发生在别人身上，但是他们不能伤害到我或者我爱的人。”他们已经做了坏事，伤害了我，伤害了马里恩，伤害了杰弗里·格雷。如果说现在有勇气，那是更成熟、冷静的勇气，“有些事必须面对，由我自己做主。”

希拉里坐起来，把脸上的碎发推到脑后，突然碰到了一个又长又深的划伤，她颤抖了一下。她听到汽车发动后开远了，听着是朝雷德灵顿去了，他们开远了以后减了速，然后又加速，声音慢慢减弱，消失在远处。

但这也可能是个陷阱。他们两人中的其中一个留在后面，为了追上她，当希拉里再次走到大路上时，会在那等着她。她仍然想到一个黑色的身影，不带表情的邪恶，站在树篱下，等着。她的思绪非常冷静、平和。不会去大路上，也不会冒险拦下过路的车辆。在浓雾中也几乎不可能做到。

希拉里开始想更好的办法。

田地是农户的。也许附近会有小路，或者小屋——她可以先去投奔，就不必在路上走了，她试图记住来时的路，分辨出自己在哪里。现在应该是在离雷德灵顿一半的路上，但她不记得路上有这样的空心灌木丛，也不知道自己离主路有多远。不远处有汽车的声音，听起来惊人地接近。

那个头发蓬乱的年轻人告诉她，找到池塘就能找到哈姆皮·迪克的农舍，不过没跟希拉里说池塘已经干涸了，路过的时候，希拉里也没注意到。她一直在寻找有水的地方，一旦错过那个池塘就找不到小路了。

现在她找到了。从山底爬上来，穿过灌木丛，她就到了一条印着车辙的小路上，车辙可能是来往过路的马车留下的。有马车就意味着有人，有人就有房子。她开始沿着车辙走。

如果没有房子，如果什么都没有，假设她现在正在做噩梦，走在一条永无止境的路上，浓雾弥漫……真是愚蠢的想法。就算有消极的想法，也不能想，因为现在要在雾气中找到出路。希拉里又想作打油诗了："如果有消极的想法，你就出不去了。"心里的小妖精"咯咯"地笑，她脑海里有个声音在说：

"你可能待在家里，不会来这儿。

你不会来这儿，你会待在家里。"

她的脚步继续沿着车辙行进，一只手在前面摸索，以防撞到墙壁或篱笆。

她碰到一扇门，她的手又去探了探，好像是那种酒吧的门，高度从她的膝盖到腰部，她找到门闩，打开，走了进去。不像是农场的门，因为很小，里面的路也没有车辙了，就是那种硬面的路。路很难走，又硬又窄，她向右走了一段，有柔软的沙土进入脚踝了。她知道了。天太黑，什么东西都看不到，伸出手也只能触及空气，但某种意义上说明有个房子在附近。她又小心翼翼地走了两步，有一面长满爬山虎的墙，窗户的木框，冰冷的玻璃。她走出小路了，需要再回去。她摸索着，找到一级楼梯，一扇带着金属门环的木门。明亮的房间里一定有迷人的景象——炉火、热茶——雾气中盛开的玫瑰。芝麻开门！她只要敲门就会有人开门，愿望成真了，她握住门环，只要敲下就行，没那么容易，也没那么难。

希拉里站在那里，等待的每一秒都如此艰难。她的手在沉重的金属环上局促不安。如果有人跟踪她，敲门声会直接出卖她，也许家里没有人。窗口并没有光，没有任何声音。她轻轻把金属环放回，并开始打量房子的周围。

这只是一间农舍，如果家里有人，他们一定在那儿。农舍的生活都以厨房为中心，厨房总是在房子后面。

当她转过角落，她看到在雾中隐隐有光，银色的闪光揭示这里私设了电流。光线来自一个落地的窗口，雾气缓慢地上升。对希拉里来说，暗淡的光就像世上的第一道光一样——太好了。它打破了黑暗的枷锁，从她的脑海驱散噩梦的阴霾。她走到窗口往里看。

没有窗帘，至少没有拉上。窗台下面有一个水槽和水龙头。房间里没有光，这似乎是一个非常小的洗碗池，门向厨房开着，厨房桌子上的一盏灯照在窗上，洒在雾气上。照在希拉里的眼睛上，让她眼花缭乱，所以，起初她除了灯和蓝白格子桌布什么也看不见。她努力睁大了眼睛，看着敞开的门。然后，她看到了令她吃惊的景象——梅塞夫人手里拿着茶壶从炉子那儿转过来。那个炉子非常大，是个老式的炉子，燃着炽热的火焰。梅塞夫人把茶壶放在灯旁边的一个托盘里，那也是个老式的锡制托盘，上面有黄金图案。

希拉里敲敲窗。

有一段时间什么都没发生。然后梅塞夫人从桌子那儿出现了。她走过来，拉开窗闩，推开窗子，用衰弱、拖拉的声音说：

“是送牛奶的吗？这么大的雾气，我就不请你进来了。”

希拉里俯身在窗台上。从人性的角度讲，如果那个圆圆的棕色茶壶里有茶，她很想喝一点。她希望托盘上那个牛奶罐不是空的，它让希拉里焕发活力。她注意到只有一个杯子，阿尔弗雷德显然不会回家喝茶。她让光线落在自己的脸上，说，

“晚上好，梅塞女士。”

梅塞夫人抓住水槽边缘，身体摇晃着。灯就在她身后，她的脸一团模糊。半晌，她虚弱地说：

“是卡鲁小姐？”

希拉里点点头。

“你不让我进来吗？我想要喝一杯茶——你不知道我现在多想要一杯茶。我刚从自行车上摔下来。我想我看起来好像被从篱笆里拖过来的，我可以进来整理一下吗？”

梅塞女士仍然用一只手抓住水槽，另一只手放在身边。她说：

“哦，小姐，你吓坏我了！”

“我很抱歉，如果我吓坏你了。”

她盯着希拉里看。

“也许你要赶火车。”她说。

“我想不出我要怎么去车站，我的自行车摔坏了。你不能给我一些茶吗？”

“我的丈夫不喜欢外人来。我在等他。”

“托盘上只有一个杯子。”

梅塞女士开始动摇。

“我可以决定谁进来不是吗？我没让你过来，对吗？你最好快点儿走。你在家里没事做了吗，所以闲逛、跟踪那些跟你不相干的人？你快走！越快越好，因为如果梅塞回来……如果梅塞回来……”

最开始提到这个人的名字，她虽然愤怒但是声音很小，现在完全不是了。她的眼神全是恐慌，不是针对希拉里，而是由她自己的话想起的一些回忆。

“梅塞女士，”希拉里的声音焦急，“我想问你些事。我不想留下来，我必须回到镇上。”

梅塞女士伸出苍白的舌头舔舔嘴唇。

“快走！快走快走！趁你还能走……”

希拉里点头。

“跟你一样，我更想走。只要你告诉我我想知道的事，我马上就走。如果你不想梅塞在这里找到我，我们最好赶紧解决。但我希望你能让我进来。”

苍白的舌头再次触及苍白的嘴唇。

“我不敢。他会把我的心脏掏出来。”

希拉里的脊背发凉，不是因为这样与他们打交道而害怕。而是这样下去是没有好处的。她尽可能俯身，这样她的手就能碰到梅塞女士的手腕。她冰凉冰凉的手指紧握在水槽边缘。

“看这里，”她说，“我想知道你审判时说想见到格雷女士，是什么意思。”

梅塞女士从水槽旁和希拉里手里抽身离开。

“我确实去了，我试过，没人能说我没有尝试。我以为他会杀了我。”

“你试图看她，她在休息。你为什么要试？你想对她说什么吗？”

希拉里感到她的脉搏疯狂地跳跃。她把手收紧，她的头脑快速转动，不是斗争、谋杀，也不是突然死亡，是最可怕的事情——而是在他们吞噬你的骨头后，还要继续面对。她想到了马里恩，她一直想着马里恩，她用心碎的声音说：

“你问我关于马里恩的事，她变了，如果你能看到她，你不可能忍受，真的……你为什么不告诉我你为什么去看她，你要说什么？你说如果她见到你——你在火车上说的如果她见到你，你要告诉她什么？”

梅塞女士不再后退，她身旁的手软绵绵地掉了下来。她的语气微弱、疲惫：

“太晚了。”

“告诉我。”希拉里说。

梅塞女士摇摇头，没有任何能量，但如果是因为虚弱，她连头都摇不动。

“放开我！”

希拉里握着她冰冷的手腕。

“你要告诉她什么？”

梅塞女士开始哭泣。她的鼻子抽动，泪水顺着脸颊流到嘴边。

“没有用的，”她气喘吁吁地抽泣着说，“我是教徒了，我知道我做了什么。我不敢再读《圣经》，我不再祈祷，我不敢背弃我对梅塞的誓言。如果我告诉她，那么，也许不会这么糟，但现在说什么也于事无补了，也无法拯救我的所作所为了。只是如果梅塞知道，他会杀了我，然后我会下地狱。”她已经喘不上气，说出来的一字一句几乎没有任何气息，她声音减弱，但没有完全消失。

希拉里摇着她握住的手腕。

“现在就是地狱，”她说，“你做了邪恶的事情。难怪你不开心。告诉我你要对马里恩说什么，拜托，请告诉我。我不会走的，除非你说出来。你想让梅塞回来在这里找到我？我不想。但我不能走，直到你告诉我。”

梅塞女士俯身向水槽。

“他会杀了你的，”她在耳语，“用面包刀，或者什么，然后说是我做的，说我疯了。他告诉每个人我疯了，他杀了你，就会说是他妻子做的。他们会把我带走，把我锁起来，因为他会说我疯了。”

希拉里的心怦地跳了一下，是真的吗？是吗？是这样吗？她的话一字一顿，语气颤抖，像个孩子：

“你疯了吗，梅塞女士？”

那女人泪流满面。

“我没有，我不是！都是他，他把我逼疯了，他太邪恶了！哦，小姐，我希望我去死——我希望我已经死了！”

希拉里不再感到害怕。她拍打着她颤抖的肩膀，很可怜她，她特别瘦削单薄。

“梅塞女士，别哭了。如果你在审判时说了假话——我认为你是这么做的，因为我知道杰夫从来没有杀过人，我真的知道。如果你做了这样邪恶的事情，难道你不知道唯一的机会就是现在说出真相吗？我不好奇你觉得会下地狱，杰夫在监狱里，马里恩那么伤心。但想想，如果他被绞死，对你来说将是多么可怕，有没有什么你可以做的，让他回来，让事情走上正轨。这是不是会让你觉得好一点儿？因为你现在就可以让事情走上正轨。你不想再这样悲惨，对吗？”

一针见血，梅塞女士被戳中了。

“我不知道你在说什么！”她说，“你快离开这里，不然我不知道会发生什么！”

泪水刺痛了希拉里的眼睛。她刚刚已经充满希望——然后突然一切都消失了。

梅塞夫人已退到门口。她站在那里，倚在门框上。她的声音中有一个悲惨的胜利。

“你回到路上，向左走，你会回到雷德灵顿！你的自行车在哪里？”

希拉里挺直了身子。她身子一直靠在窗台上，已经僵硬了。

“轧碎了。”然后说，“他们想杀了我。”

梅塞女士伸出一只手，想捂住嘴唇，又放下了，张嘴说：

“谁？”

希拉里轻蔑地说：“你不知道吗？”

梅塞女士退到厨房里。当她靠近门时，她用手和膝盖使劲儿推上门，只留希拉里独自一人在大雾之中。

希拉里摸索着房子四周回到门口。然后她再次跟着车辙走到小路上。

第二十一章
瓦尼亚

马里恩·格雷正在展示一件名为“月光”的连衣裙，这个东西很罕见，恰如其名。时间是下午5点。哈利特·圣·加斯特的样品间里挤满了女性，其中一些人来到这里是为了娱乐，不是买东西。他们大部分都叫她哈利，或者亲爱的。她的服装价格令人难以置信，但她这三年的创业取得了惊人的成功。她当年和马里恩一起念书，但在工作时间她对谁都一视同仁。从上午10点到下午6点，马里恩就是瓦尼亚，是伦敦最好的模特儿之一。

一个身穿黑色衣服、摆着姿势的女人，她有极好的线条，脸色憔悴，拒人于千里之外。

“哈利，太美了！恰如其分。让她转过身来，让我再看看背面。”

马里恩优雅地徐徐转身，眼神从肩膀的轮廓中向远处看，保持着姿势不变。她的黑发扎好贴在脖子上。脸色平和、苍白。浓重的眼影使她的双眼看起来大得惊人，黑得出奇，就像一个不食人间烟火的人。这件连衣裙衬托着她身材的凹凸线条，像薄雾般柔软。

哈利特·圣·加斯特说：“正合适。下次你可以展示那件黑色天鹅绒。”

马里恩身穿这件蓝灰色的“月光”走出去了。刚才展示一件明亮的绿色运动服的女孩儿西莉亚等样品间的门关上后，咯咯笑起来。

“老凯蒂这个神经！‘我要拥有这个！’”她模仿着那个肤色暗淡的女人的声音，“天哪，她穿上简直就是个母夜叉！可惜了这样一件漂亮衣服，我管这叫‘耻辱’！”

马里恩什么也没说。凭着长时间的练习和技巧，她把裙子从头上轻轻脱下来，没有弄乱一根头发。然后，她取下一件搭配着斗篷的黑色天鹅绒连衣裙，开始穿上它。

一个浓眉短发的漂亮女人伸进头来。

“有你的电话，瓦尼亚。”

西莉亚又笑了起来。

“好吧，如果我是你我不会去接的，老哈利知道的话怎么办，一场礼服秀的中间？我说，弗洛拉，我真的必须展示那块恶心的粉红抹布吗？这不是我的风格啊。我绝对不会在托特纳姆考特路上穿着它被人看见的——这不公平。”

“你快点儿吧！”弗洛拉说着关上了门。

马里恩拿起办公室电话的听筒。弗洛拉应该说她已经订婚了。

她不知道谁能把电话打到这里来找她。他们没有权利这么做。弗洛拉太好脾气了——她是哈利特的一个堂姐妹，一个人承担约六个人的工作，从来没有发过脾气，但她不会说“不”。她把听筒放在耳边，听到一个男人的声音微弱地说，“格雷太太？”

“是的。”

黑色的天鹅绒从她的肩上滑落。她抬手拉了起来。

“马里恩，是你吗？”

她立即知道是谁打的电话，脸色迅即变了。她用低沉的声音说：“你是谁？是谁在说话？”但她心里清楚。

“伯蒂·埃弗顿，”那个声音说，“听着，别挂电话——我有重要的事。”

“我跟你无话可说。”

“我知道，我知道你的感觉。这是我的不幸。我不想麻烦你，但是我认为有些关于杰弗里的事，你应该知道。只是借这个机会，我想告诉你。”

她用自由的那只手撑在哈利特的书桌上，说：

“我不想见你。如果你有什么要说的，可以见我的律师。”

她的嘴唇僵硬，以至于说这些话都费劲。她都稍显困惑，不知道自己是否说出了这些话，因为对方还在继续说：

“那我就 6 点打电话给你。”

无论如何，这让她不再感到僵硬。她出离地愤怒：“你不能出现在这里，你应该知道。”

“那么我 6 点半就到你的公寓，你到那时就回家了吧？”

“我不想见你。现在有一个礼服秀，我会晚回家。”

“我可以等。”伯蒂·埃弗顿说，然后咔哒一声，电话挂了。

马里恩回去展示黑色的天鹅绒礼服，它叫作“卢克雷齐亚·波吉亚”。文艺复兴时期以后，它有一条古板的宽摆长裙和镶嵌着珠宝的紧身胸衣。沉重的袖子从肩部到手腕，是深象牙色绸缎。当她打开样品间的门时，从镜子里看见了自己，但并不是看到那件裙子，而是她眼中的怒火。

这件衣服的展示很成功。被一个纤细的金发女郎买下，她不停地吸鼻子，拿一块红色的雪纺绸方巾放在鼻尖上不断地闻。她是从乡下来的，是某位在场人士的朋友，她把自己想象成卢克雷齐亚·波吉亚。

第二十二章
得救

扫码听本章节
英文原版朗读音频

希拉里在6点半多终于到达了雷德灵顿的郊区。看到第一盏路灯，几乎就让她泪流满面，她重新看到了光亮！当你刚刚死里逃生，从一个残酷的黑暗世界里走出来，公共汽车、电车、煤油灯、人群，重新看到这些真的太好了——真的。

希拉里在人群里特别引人注目。但第一次她并没发现，因为她太高兴了，看不到他们的目光。但是当她慢慢恢复过来后，她开始意识到了，因为她在湿滑的道路上跌跌撞撞，爬过篱笆，可能看起来很像去年扎的稻草人。她凝视着自己，在路的另一边看到了喜鹊和鹦鹉的标志牌。这个标志牌让人看了非常愉悦。喜鹊和鹦鹉并肩坐在金色的鲈鱼上。喜鹊黑白相间，鹦鹉是绿色的。它们是雷德灵顿最受欢迎的某家酒店的标志，但没有人知道它是如何得名的。

希拉里穿过马路，走进了酒店。她告诉前台那位慈眉善目的妇人，自己骑自行车发生了事故，立刻，酒店的每个人都来帮助她，他们人非常好。当希拉里看到自己在玻璃杯里映出的样子时，简直难以置信。她脸上到处是泥土，帽子已经丢了——她都不记得什么时候丢的了——泥巴沾满头发。从太阳穴那里往后有一道长长的划伤，还有一道很深的伤口在下巴上。伤口流了很多血，血和泥巴混在一起。外套和裙子全撕破了，双手也伤痕累累。

“天哪，真是一团糟！”希拉里开始把衣服脱下来。

现在有了热水、肥皂、一条粗布毛巾，还有一个非常善良的女服务员给了她一个柔软的小毛巾——“伤口可以用这个处理，小姐。”有了这些，还有一个大浴室，她终于可以洗干净满身的尘土和泥泞，这时女服务员先对撕破的大衣进行了一些补救。他们还端来了特别美味的热茶（这家酒店的茶要价 6 先令一磅），还有一张对希拉里来说没什么用的列车时刻表，因为她发现已经没有任何一列火车可以让自己今晚回到伦敦了。希拉里不想说自己是不是个懦夫。她的勇气已经耗尽，她根本就做不到了——她坐的车厢是空的，然后，一位列车员进来，这趟行程中就会发生事故，从此希拉里·卡鲁就消失了。一小时前他们就想在雷德灵顿的路上杀死她，没有什么事情会让他们回心转意。相反，正如童话里蛋头先生说的，如果他们想要杀死她，他们肯定会到火车站守株待兔，因为他们知道很少有人会在这样的夜晚独自乘坐火车，除非是不得不这么做。这就是麻烦的地方了——希拉里不得不回去。一是马里恩，还有一个是钱的问题。阿拉贝拉阿姨的戒指已经典当了5英镑。其中来回就需要12先令。自行车花了2英镑押金，她还得回去告诉那个年轻人，自行车摔碎了，无法修复。在这个基础上她还要多一张酒店账单。她可以做什么？当即想到的就是给亨利打电话。

电话亭里有一把办公室那种闪闪发亮的凳子。总是晃，不舒服，但总比没有好。希拉里坐在上面拨通电话时，她想这次最好别和亨利争吵——尽管这么想并没什么用。他们吵得不可交，撕毁了婚约，但就在梅塞夫人流泪、梅塞在街道上跟踪她时，她就等不及给亨利打电话了。然后他们又一言不合就吵了起来，亨利不让她插手梅塞夫妇的事，但她还是一意孤行，他们已经一个星期没说话了。然而，有人蓄意杀害她，这次她真的很害怕，她一定要给亨利打电话，她确信他会来接她。他可能会说“我已经告诉过你了”。他们应该会再次争吵，可能会一路吵着回去。但这想想还是令人欣慰的。多么好啊，多么安全啊，多么令人兴奋啊，希拉里会和亨利在火车车厢里吵架，而不是被梅塞或者不明身份的人杀害。

电话接通了，当她抓起听筒的时候，听到亨利说：“你好！”

“你好！”希拉里高兴地说。

“是谁呀？”

“太可笑了！”

“哦，是你吗？”

“白痴！”希拉里曲意合揉。

亨利刻意掩饰自己的兴奋。他认为希拉里如果不是想要什么东西，不会打电话给他的。没有了自己，希拉里得不到想要的，这让亨利有种满足感，可是他不会轻易就范。因为他怀疑希拉里每次这个语气的时候，是因为知道自己会很受用。

他说：“你想要什么？”语气毫无感情。

“你……”远在 40 英里以外的希拉里说。她说得那么轻柔，这话刚传到亨利耳朵里，他就受不了了。

他说：“希拉里……”她眨巴眨巴眼睛，竟然流眼泪了，希拉里气喘吁吁地说：

“亨利，你会来接我吗？你会的，是吗？”

“希拉里，怎么了？ 出什么事了吗？ 你快说话。我听不到你说话。你在哭，对吗？ 你在哪？”

“雷……雷德灵顿。”

“你听起来好像在哭。你在哭吗？”

“我想……是的。”

“你一定要知道。”

一个明亮的女声说：“3 分钟。”亨利才不管是不是他的通话时间，又坚决地要求增加 3 分钟。之后他说：

“喂！你还在吗？马上告诉我你是怎么回事！”

希拉里稳住声音。她只是想小小地吓一吓亨利，结果她现在真的哭了，她不知道为什么。

“亨利，求你过来。我非常需要你。我不能在电话告诉你。我现在在雷德灵顿的那个喜鹊和鹦鹉标志的酒店里。我把脚蹬车摔坏了，而且我的钱不够了。”

“你受伤了吗？”

他说得太快了。她为什么会受伤？但她确实正在哭。她不是因为受伤了才哭的。但亨利被吓坏了，对希拉里很生气，因为她吓着他了。小傻瓜！我亲爱的小笨蛋！

他听到她说：“没有……只是划破了。你别开车来，雾气很重。请你打电话给马里恩，告诉她你来找我好吗？不要告诉她我在哪里。”

交换站的女孩说：“6 分钟。”希拉里说：“天哪！”亨利说：“再加 6 分钟。”希拉里咯咯地笑了起来，亨利·坎宁汉上校脸红了，因为他现在已经完全放弃抵抗了。

“7 点 40 分有一趟火车，”希拉里甜蜜地说，“我们不用再加时了——电话费太贵了。你快点儿赶火车吧，亲爱的。”

电话铃响了，通话断了。

第二十三章
为什么不信

大约一个半小时后，酒店的休息室里只有亨利了。他见到希拉里，把她抱起来，吻了又吻，好像他们从来没有取消订婚，而且希拉里也回吻他，以前她从来没有过，即使那时他们已经订婚了。她最绝望的时候会想：“我再也见不到亨利了。”

亨利完全忘记了他想说的事情。他继续亲吻她，间隔地询问她是否确定自己没有受伤。

“如果我确定，你失望吗？”

“别说这种话！”

她把鼻子埋进他的脖子里。

“亲爱的，你为什么要这样？我的意思是我们已经取消订婚了，如果我被杀了，你也不必参加葬礼。”

亨利的手臂僵直。这是最不舒服的。

“你不要这样说！”

“亲爱的，为什么？”

“我不喜欢。”他紧紧地抱着她，用力吻她。

真高兴有亨利的胳膊搂着自己，真高兴被他吻。

突然之间，他不再吻她了。他正在计划着。

“听着，我们必须赶上9点50分的火车。你吃过饭了吗？”

“没有，我在等你。我认为如果你付钱的话会很好。”

“那么我们先吃饭，你正好可以告诉我你在做什么。你确定没有受伤？”

“致命伤，但是我很勇敢。”

亨利皱着眉头。

“我想不出你对自己做了什么。”他说，眼神悲伤。

“我的致命伤就是，我们之间没有婚约了，多么好，我应该矜持一些，如果不是解除婚约的话。”

亨利把她拉到餐厅里去，领班说，自从进入10月，9点50分的火车已经提前到9点45分了，虽然可能因为大雾会延迟，但他不建议他们冒险。他推荐了汤、冷牛肉和火腿派，认为他们最好从惠廷顿先生的修理厂坐出租车，如果他们需要的话，可以让大厅的行李搬运工打电话。

没什么时间解释。汤不错，牛肉和火腿派也非常好，咖啡很好喝。领班像一个救死扶伤的天使一样在盘旋。希拉里想，如果她是和亨利在蜜月中，而不是刚死里逃生的话，多好啊。然后她脸红了，抬头看见亨利的眼睛，脸更红了。

他们赶上了火车，车厢里只有他们——空车，空车厢，但是希拉里不害怕，因为亨利也在。引擎发动，车厢开始咣当咣当地动起来。他们的车厢撞在前面的缓冲器上时，亨利说：“现在，希拉里，你做了什么？ 你最好一五一十说出来。”

于是希拉里如实相告了。他们在角落里面对面坐着，亨利可以清楚地看到希拉里下巴和额头上的划伤，脸色也不是很好。

“你看，亲爱的，我只是想找到梅塞夫人，所以最好别说这个，因为我们肯定会吵架，如果吵架就不可开交，我就不能跟你说那些人打算怎么干掉我。”

“希拉里，停！ 你在说什么？”

她点了点头。

“这是真的，就是我想告诉你的。”然后她突然就转移话题了，“我是说，我希望那个租给我自行车的年轻人不要认为我把自行车偷走了，因为他特别温顺，而且我不希望他认为我是个骗子。”

“他不会的。酒店会给他发送账单的。你快告诉我发生了什么事。”

希拉里颤抖起来。

“简直就是噩梦，”她说，“就像是最吓人的噩梦。我一直希望能醒来，但是没有。你看，我发现了梅塞夫妇曾经去过雷德灵顿，他们的女房东因为梅塞夫人在夜里尖叫而把他们赶出去了。乳品店里的女孩儿说，他们应该搬到了莱德斯托路上的一个小农舍，所以我先去了那里的中介所，然后我就长途跋涉去了莱德斯托那些农舍。每个人都非常好，只有梅塞夫人是个例外。我到达莱德斯托的时候，觉得自己在大海捞针，而且到了下午茶时间，所以去了一个乡村酒吧里喝茶，我出门结账的时候，发现梅塞阴魂不散地从走廊上走进来。”

“希拉里！”亨利的语气简直难以置信。

“我用名誉担保，亲爱的。当然了，我又回到房里了，按铃付了账单就逃走了。但是就在我打开大门的时候，他又出现了——我想他看到了我。”

“为什么？”亨利说。

“因为后来发生的事。”

“发生了什么？”

“好吧，天色已经很黑了，大雾弥漫，我骑骑停停，所以走得不快。每当我下车时，我都会有一种可怕的噩梦般的感觉，就是身后有人马上就要追上我了。”

希拉里停顿了一下。

亨利不置可否地说：“胡说八道！”希拉里犹豫不决，“亨利，你会介意吗——如果我握着你的手，因为……”

亨利把她拉到自己腿上坐着，双手把她搂在怀里，摇摇晃晃地把她当成小孩。

“世界第一小傻瓜！”

“呃——”希拉里的声音明显安定了不少。

“现在你可以继续了。”亨利说。

她的头靠着他的肩膀继续说。

“我感觉不怎么好，很可怕。这时候，一辆汽车从大雾中开过来，我跳到了路边。亨利，我只是赶在那时跳出去了。他们起初速度不是很快，我想我可以跟着他们的灯光回雷德灵顿，然后我觉得他们看到了我，他们打算撞倒我。”

“胡说！”亨利搂着她说。

“不。”希拉里用柔和的叹息声说。

“他们不会！”

“他们就是那么做的。我跳了起来，撞了头，昏过去了，因为接下来我发现他们抬着我。其中一个说我只是撞昏了。然后他说，‘快，现在我们就解决她！’然后，亨利……然后……他们把我放在路上，回到车里，打算轧过我。”

亨利停止摇晃。他的手臂收紧。希拉里给他的冲击，让他的脑海里浮现出一个声音说，“你知道这不可能是真的。她在雾中跳了起来，撞到了头。其余的一切都是她梦见的。”

她把头转到了他的肩膀上。伸着脖子可以看到他身后天花板的灯光下这个强壮、安静的身影。她轻轻地叹了口气，说：“你不相信我。”

亨利真的很难相信。他真的不想再一次吵架，但他打心底里认同诗人托马斯愤怒地拒绝精灵国度女王伸出的手——赐予永不说谎的舌头。

“我的舌头是我的，”托马斯说，

“你馈赠我礼物！

我既不买也不卖，

不管我在什么地方。

不管是王子还是平民，

也不会向美丽的女士请求馈赠。”

其实，这是最不舒服、最尴尬的礼物。这不是亨利的错。他经常自己有时不知所措，特别是在和女人打交道的时候：希拉里叹息“你不相信我”的时候，他只能保持沉默。

希拉里又叹了口气。然后，她把头靠在亨利肩上。

“你不相信。如果你不相信我说的话，我不知道你为什么要和我结婚。”

亨利吻了她，这让他不需要回应。

希拉里再次开口，她说：

“我不应该亲一个认为我在撒谎的人，也许男人不一样吧。我太累了，不想争论。”

“我不认为你在撒谎。”

“那你觉得呢？”

“我认为可能是脑震荡。你说撞到了头。我认为其他的可能都是梦。”

“没有！亨利，你非常固执。我想我和蓓什特·格里塞尔达一样不想吵架。我很钦佩自己，所以我希望你也是。我想，如果你不相信，就没有必要告诉你发生了什么事情——我是说，如果你不相信。”

亨利摇了她一下，说：“继续讲。”

她用一种温柔的声音继续说下去，嘴唇贴近他的耳朵。

“当然，如果你说这只是一个梦，那一定是——永远都对的亨利。那么，在这个最恐怖的梦里，他们确实把我放在了路上，并准备轧过我。开始我意识是模糊的，只是当他们开启车门时，就像你把电灯打开时一样，我抬起头，看到汽车开过来了，我使劲扑到草地上，爬过全英格兰最尖锐的篱笆。之后，我看到有个灌木丛，我就藏在那里。他们找不到我，又把车开走了。我不敢回到路上，因为不知道这是不是个梦，怕他们在那里等着我，所以我沿着路上的车辙走了很久，直到发现了一扇门。然后我绕着一间小农舍走到洗碗间的窗口，发现梅塞夫人在泡茶。”

亨利把她放下，这样可以看着她。

“希拉里——你还要继续编故事吗？”

他悲伤地摇了摇头。

“我不够聪明。哦，亨利，这是最让人失望透顶的，因为她先是生气，然后开始像在火车上那样说那些话。”

“什么样的事情？”

“好吧，她说，‘走吧！快走吧，趁着你可以！’她不敢让我进去。她还说有人会把她的心掏出来——当然她是指梅塞。她说这话的样子让我感觉非常不舒服。如果我单独和梅塞待在一个小农舍里，他还认为我露出马脚，那我不可能觉得很安全，而这正是她的处境。你知道，她在火车上告诉我，审判正在进行时，她试图去看马里恩。呃，我逼她想起这个，眼见她就要崩溃了，说‘已经太迟了’。我抓住了她的手腕，我们就隔着水槽说话，她哭了起来，说她不能再去祷告，而且她没有告诉马里恩，只是因为梅塞会杀了她，然后她会下地狱。所以如果她不告诉我，我就不会走，我问她是否想要梅塞回来的时候找到我。然后她全身战栗，说他会用面包刀杀了我——然后说她试过，他们就把她带走，锁了起来，因为他们已经让别人成功相信她疯了。”

“她一定是疯了。相信一个疯女人说的有什么好处？”

希拉里发出微弱而颤抖的笑声。

“她在我梦里疯了？还是真的疯了？ 我只是告诉你一个梦，你知道吗——至少你说这只是一个梦。但以我做梦的方式，她没有疯，她只是非常害怕——如果这是我的梦，我应该知道，不是吗？无论如何，我想从她嘴里问出来。”

“你问她什么？”

“我问她是不是疯了，就这样。我说，‘你疯了吗，梅塞夫人？’然后她说，‘是他的邪恶把我逼疯的。’然后她就哭了，生不如死。我感觉到她终于要告诉我一些我想知道的事时，她就像一只蛤蜊一样把自己关起来，从我手里挣脱，跑进厨房，关上了门。之后我不知道自己走了多少路才到雷德灵顿，但是当我看到第一个路灯时，我觉得我真想抱住它亲了再亲。”

亨利什么也没说。他想知道希拉里的故事有多少是因为脑震荡，有多少是真的。在他的思维里已经先入为主了，希拉里把自己的自行车丢了，在田野上长途跋涉。如果她真的见过梅塞夫人，那女人一定说了一些奇怪的事情。但是，她是真的见过，还是她臆想的呢？他开始确信希拉里是臆想出来的，但是他不再追究了。希拉里看起来没有脑震荡。她看起来并没有意识不清醒，或者过于兴奋或晕眩，只是很疲惫。而且，她并没有因为要强调自己说的是事实而大发雷霆，这让他更加动容，希拉里相当易怒，但是当谈到她刚才的故事时，她只是用相当令人信服的冷静来坚持己见。

她突然接近他的耳朵说：“你还以为我在说谎？”

她的声音没有一丝怨恨，非常柔软。亨利喜欢柔声说话的女性，他很容易被融化。他说：

“希拉里……”

“嗯，亲爱的？”

“我想说的是——好吧，按照我的方式，并不容易接受，但是听着，你确定这一切发生了吗？”

“我发誓！”

“你确定不是做梦？”

“相当——相当——确定，亨利，这一切都是真实发生的。”

“那么，假设发生了——我不是说是否发生了，假设发生了。”

“你想假设什么？”

“我想回到那个车祸现场。你说有两个人把你撞倒了？”

“车里有两个人。”希拉里坚定地说。

“你看见他们了吗？”

“不，我没有。”

“那你怎么知道有两个人？”

希拉里吐了吐舌头。

“因为他们抬着我。其中一个抬着我的肩膀，另一个抬着我的腿。除此之外，其中一个说话了——我告诉过你。他说，‘快，现在我们就解决她！’而且他不是在跟我说话。”

“你能认出他的声音吗？”

希拉里满心遗憾地说“不”。如果是梅塞的声音，她立马就能认出。可惜并不是，所以她只得这样说。事实上，那样说对亨利来说是件好事，因为所有的事都是她在做梦，那么很可能她会说是梅塞的声音。”

他皱着眉头说：“你只听到一个人说话？”

“对。但是他们两个人都抬着我，他们把我头朝下放在路上，又回到车上打算碾轧我。”

亨利显然僵住了。如果这是一场梦，那就是一个恐怖的梦。如果不是……他觉得自己好像在黑暗中走在一条可能随时崩溃的道路上。他驻足的地面发生了初步的震颤，下一步他可能就会步入深渊。如果希拉里的生命真的被人觊觎，那么这背后肯定有什么强烈的动机。如果这次杀人未遂，动机依旧存在。如果足以迫使对方杀人，那么动机还不够强烈吗？ 他真心希望这是个梦。

他低头看着希拉里的裙子和外套前面的污渍。她说，他们把她头朝下放在路上。她跳起来的时机恰到好处。他知道该相信什么，但是相信那些不真实的事情是没用的。他说：

“你认为这两个人是谁？ 你有什么想法吗？”

“是的，我当然有。我认为其中之一就是梅塞。”

“但不是你听到的说话的那个？”

“不，不是那个。”

“梅塞没有车。”

他在争论，似乎事情是真的，而不是想象的。

“嗯，没有——这辆车属于另外那个人。那是一辆很大的车。”当她想起那辆车冲向她的瞬间，开始不寒而栗。然后她用一个不屑的声音说，“是伯蒂·埃弗顿的车。我确定。”

“为什么这么说？还有什么其他要说的？”

“没什么——我只是确定。而且他还专门来到古董店，在梅瑟夫人在火车里跟我说话后，又跟你重申梅塞夫人疯了。”

亨利感觉好像挣脱了压抑的束缚。他几乎已经放弃了对希拉里的信任，但是谢天谢地，他被及时拉住了。整件事情太妙了。至少在这一点上，他能够找到佐证。

“听我说，希拉里，你不要再说这样的事了，你会给自己找麻烦的。而且你错了——不可能伯蒂·埃弗顿，因为他在伦敦。”

“哦，你看见他了？”

“不，但马里恩见到了。”

“什么？”

“马里恩看到他了。你让我给她打电话，并说我会接你回家。那时他刚刚见完马里恩。她特别生气。因为他往她工作的店里打了电话。她只是想设法阻止，我想，所以当她回公寓时，伯蒂·埃弗顿在那儿等着她。所以你看——你可能不喜欢伯蒂·埃弗顿，但是他没有要撞倒你。他有非常好的不在场证明。”

希拉里猛地抬起头。

她说：“我认为伯蒂·埃弗顿的不在场证明太多了。”

第二十四章
松口

当他们到达公寓的时候，马里恩仍然处于愤怒之中。这样见面更是一触即发。当你在意一个人时，他们看你的眼神是无视你，再也不想见到你，这样真的让人宁愿不回家。

希拉里坐在炉火前的地板上，靠着一把椅子。她把双臂交叉放在座位上，趴在上面。门开着，亨利在门口，他非常清楚此刻不该进来，而且他也没打算留下来。

马里恩走到窗前。她转身时，亨利进来关上了门。她抬起眉毛说："我认为希拉里该去睡了。"

希拉里什么也没说。亨利说：

"我想你最好听听她要说什么。这跟你有关——很多事。"

"不是……今晚。我已经见过一个不速之客了，我想我控制不住自己好好说话了。"

“我也这么想。”

“请你先离开，亨利。”

“不是现在。”

希拉里没有抬头，用低沉的声音说：

“拜托，马里恩。”

马里恩·格雷没有在意。

“我真的希望你先离开。”她说。

亨利靠在门上，他手里拿着帽子。

“马里恩，一分钟。我想你最好听一下，因为——好吧，我觉得你最好听一下，希拉里好不容易死里逃生。”

马里恩听到这个，马上回应。

“死里逃生？什么？”

“被谋杀。”希拉里悲伤地说。

马里恩转过头来。

“你在说什么？”

“被谋杀。我差点儿被杀死。亨利可以告诉你——我真的太累了。”

马里恩看看他们两个。亨利皱起眉头，她看到了他的目光落在希拉里并不整洁的卷发上时，好像心里有什么东西融化了。她坐到椅子上说：

“好吧，亨利，请直言不讳。”

亨利把事情重复一遍。奇怪的是，他在重复这个故事时，让他觉得这是真的。他自己不信，但是当他重新讲这个故事的时候，他发现自己正在努力说服马里恩，最后他不知道马里恩是否相信。他不知道。马里恩把头靠在手上。她的眼神放空，她的目光转向内心。

“心头的愁苦，唯有自己知；心中的喜乐，他人无分享。”她现在不生气了，但她还是冷冷的，表情没有温度。亨利讲完时，她仍静静地坐着。沉默良久，亨利开口了。

“伯蒂·埃弗顿在你这里。希拉里认为他是要杀她的人之一。这是非常不合理的，但她确实这么认为——你当时就在场。我想你得告诉她，他什么时候打电话给你，什么时候来的这里，待了多久。希拉里似乎觉得不在场证明是借口，但同一个人不可能同时出现在两个地方。”

“我没有说他可以。”希拉里用低沉的声音说。然后，她稍微抬起头来，“不在场证明不是同时出现在两个地方——而是明明在犯罪却假装你在另一个地方。”

亨利突然大笑起来。

“你什么时候想出这个的？”

“刚才。”希拉里说，又低下了头。

马里恩并没有看他们俩中的任何一个，说：

“他 5 点的时候给我打的电话。我正在展示一些刚进的款式，当时卖出了三件。刚过 5 点，我从样品间里走出来，听到了钟声。”

“他有没有说从哪里打给你？”

“没有。但他一定在镇上，因为他建议来哈利特的公司，我说不可能，他说他要去公寓等我。回来的时候他就在这里了。”

"那是几点？"

"过了7点钟。我告诉过他我应该会迟到，我以为他就不会来了。"

"他想要什么？"希拉里趴在椅子上说。

马里恩僵住了。她的手滑落了下来，眼睛闪闪发光。

"我不知道他是怎么敢来这里谈论杰夫的！"

"他说了什么？"希拉里迅速说。

"没说什么，我不知道他为什么来。他就是漫不经心地说，遇到了一个詹姆斯被枪杀那晚看到杰夫下车的人，但他似乎不知道这个人是谁，也没有对案子增添什么证据。无论如何，也不是什么好事。我不知道他为什么来。"

"我知道。"希拉里坐了起来，把头发整理到脑后，"这样就有不在场证明了，如果他能让你相信他整个下午都在伦敦，那么他就不可能在莱德斯托的路上杀我，对吗？"她的卷发蓬松竖起，黑眼睛如同山雀的一样明亮。

"但是，我亲爱的希拉里！"亨利说，他又笑了起来，"你今晚的不在场证明有点儿无力，你还记得什么时候发生车祸的吗？"

希拉里思虑过后。

"好吧，我没有手表，就算有，因为大雾和天色也没什么用，但我在莱德斯托的酒馆喝茶时是下午茶时间，那时还不是很黑——只是有雾的11月的天色。大概在那里待了半个小时，当我看到梅塞开始逃命时，我想大约5点钟。之后，我不知道过了多久。简直度日如年，因为我不得不经常下车推着车子走——因为雾气，能见度太低了。很难描述，但是我认为车祸可能是在 5 点 30 分的时候。”

“那么，如果他在伦敦，5 点钟还打电话给马里恩的话，就不可能是伯蒂·埃弗顿。”

希拉里皱起了鼻子。

“如果。”她说。

“好吧，马里恩已经说过是 5 点了。”

马里恩点了点头。

“我听到了时钟响。”

“我确定他 5 点钟打电话了，”希拉里说，“他是故意的，这是他不在场证明的一部分。他非常清楚，马里恩不会让他到哈利特公司去的，他可以从莱德斯托或者从电话亭打电话。她肯定不会去考虑电话是哪里打来的。如果你是罪犯，就会这么来伪造不在场证明的。我应该很擅长这个。”

“假设她说‘好吧，过来吧’呢？”

“不会的。马里恩从来不让任何人去哈利特附近的任何地方。如果这样做，会被解雇。他可以这么指望着。”

马里恩看着她，眼神犀利。

“那么，接下来发生了什么事？这就是你的故事。接下来发生了什么？”

“呃，他一定是在酒吧接上了梅塞。他们试图杀了我，我逃走了，我想他肯定是一路踩油门，因为他一定要回到伦敦，才能拥有不在场证明。我猜梅塞在雷德灵顿下车，然后他匆忙赶上火车，或者干脆一路疯狂开回伦敦。我在等亨利的时候看了列车时刻表，有一趟下午 5 点 40 从雷德灵顿发车的火车，7 点到伦敦，是一趟直达的专列。他本可以赶上这辆车，这就能解释他们为什么不再继续找我了。你看，如果我逃了，他轻而易举就能找到不在场证明。但是我并不认为他会坐火车去，因为他不想随便把车停在雷德灵顿的车库，以防有人事后想起来。”

亨利说：“大雾天能从雷德灵顿一个半小时就到伦敦确实不假，但我不觉得这样可行。”

希拉里甩了甩头发。

“等到你试图谋杀一个人，必须有不在场证明时，你就可以看看是不是需要打破一两项纪录。即使是不用准备不在场证明，在大雾天也会盲目——你知道他们会这样的。”

马里恩又说了一遍。

“我回家时肯定已经 7 点 10 分以后了。莱斯特兰奇夫人和多尔夫人是 6 点 20 分才离开的，之后我们所有的模特开始收拾离开。哈利特想跟我聊聊她弟弟订婚的事，天又下雾，所以我回到家至少需要半个小时。”她看着亨利，“你什么时候打电话给我的？”

“哦，那是 7 点半以后了。我在列车出发之前，从车站打了电话。”

“对！”希拉里说，“他有足够的时间。我已经告诉过你了。而且我想……”她坐直了，双手抱住自己的膝盖，“我想我们应该找一个侦探调查他其他的不在场证明，因为我确定他是瞎编的。

如果他确实是瞎编的，一个真正聪明的侦探可以马上找出他。马里恩……”

“不。”马里恩说。

希拉里爬起来，跑过去，抓住了她的手。

“不要说不，亲爱的，不要，不要，这没有一点儿坏处。也不会伤害杰夫。马里恩，不要说不！我知道如果旧事重提你会受不了，我完全知道你的感受。但是你不能让亨利也看一遍卷宗，找个侦探一起解决这件事吗？杰夫并没有杀人。是有人在背后向他伸出了黑手，他是无辜的，我敢确定。”

马里恩把她推开，站起身。她没有看希拉里，也没有任何回答，径直走到门口，打开门，出去了。她走后门随即关上了。之后他们听到马里恩卧室的门也关上了。

希拉里跑到箱子前，掀开盖子，跑着把手中的文件递给亨利。

“在这里！快拿走！快，在她反悔之前！”

第二十五章
恍然如梦

希拉里在黑暗中醒来。这次她入睡非常快，睡得很沉没有做梦，下一分钟，她就完全清醒过来，还有点害怕，夜晚的空气混着烟味从敞开的窗户透进来。窗帘被打开了，但房间仍旧黑暗。有一种夜深人静的感觉。还是半夜，希拉里只睡了很短的时间，因为她恰好是在午夜 12 点去睡觉的。

什么东西把她吵醒了，她不知道是什么。希拉里吓坏了，她必须从睡意昏沉中赶紧醒来，清醒后还在后怕。但是她不知道自己在害怕什么。

她起床，轻轻地走到门口，打开了门。客厅的门也是开着的。夜光透过它照进客厅，在光线充足的房间里，马里恩正以低沉绝望的声音与某人说话。希拉里听到她说，

“为什么不告诉我你这么做了？我宁愿知道。”

希拉里回房坐到床边，不知道下一步该怎么做。马里恩——在这个时间！她在跟谁说话？她可能在跟谁说话？这不合时宜——不是真的，马里恩不会的。有时你不能相信你的所见所闻。

那么如果不相信，接下来要做什么？

希拉里站了起来，穿上长袍，穿过大厅。客厅的门开着一半。她没有碰它，也没有推开，而是站在左边的门框旁边看着房间里。

除了马里恩·格雷，房间里没有人。她穿着睡衣，浅绿的颜色使她看起来更苍白。她的头发披散着，海藻般的黑色头发在肩膀处打了个弯儿。这副打扮，年轻却饱含痛苦的神情，冷漠和自豪的面具被揭下。她的眼睛充满泪水，嘴唇柔软，双唇在颤动。她跪在炉边，双手向一小时前已经熄灭的炉火伸去。

希拉里看到这个场景，心都碎了，也暂时有了些许慰藉。

她说："亲爱的……"她压低呼吸，马里恩也轻声回应：

"你不告诉我。如果我知道，如果我知道为什么，我能承受。可是一定有个原因，你不可能毫无缘由就这样做。杰夫，你不会的！杰夫——杰夫！"

希拉里屏住呼吸。马里恩不是跟她说话，她正在跟杰夫说话。而杰夫在达特穆尔。

她开始祈求，杰弗里·格雷人在达特穆尔，但是可以出现在她的梦中。她伸出手来想要抓住他。

"杰夫——杰夫——你为什么不告诉我？你知道，我知道。她告诉我——那个每日来帮工的女人。你可能不认识她，但是当时她折回去了。她在书房中落下一些东西，于是回去取，她听到你们在说话——争吵。她听到了詹姆斯说的话。她听到他说：‘我自己的侄子！’然后她就听到了枪声。所以你看，我都知道。如果你现在告诉我，也不会有任何区别。她不会说出去的，她答应过我。杰夫，你是不是不知道我已经了解了呢？这让我生不如死啊！”她起身，开始在房间里走来走去，走来走去，赤着脚，沉默着泪流满面。她没有再说话，但过了一会儿，她叹了口气。

希拉里不知道怎么忍受。她不知道该怎么做。那声叹息比任何啜泣都更令人心痛。她也害怕吵醒马里恩，更害怕马里恩继续做这个满是悲伤的梦。

然后马里恩转过身来，向门口走来。希拉里只有一点时间赶紧逃开。如果在马里恩的手伸出之前，她没跑到开关那里去就糟了。灯泡闪了闪就灭了。马里恩的手指触到希拉里的脸颊——冰凉冰凉的，让她不禁一颤。

希拉里静静地站着，听不到任何声音。在黑暗中被如此触碰是非常恐怖的。她赶紧回到自己的房间，打开灯。她看到马里恩房间的门半开着，但是从缝隙处看不到那里有光。她点了一根蜡烛，轻轻推门，往里看。马里恩躺在床上，身边放着衣服，只能从枕头上看到她的头黑色的轮廓。

希拉里关上了门，回到床上，因为寒冷而瑟瑟发抖。一暖和过来，她就睡着了，开始做梦。她梦见自己正在一辆火车上与梅塞夫人谈话，不是一列普通的火车，它的一侧有柜台。梅塞夫人站在柜台后面，用布料商店里的尺子在量着什么。希拉里站在另一边，琢磨着她在做什么。她可以清楚地看到梦中的一切，但是梅塞夫人手里的东西一直看不清，或者太耀眼，让她看不出究竟是什么东西——于是她问梅塞女士，声音吓了她一跳——“你在测量什么？”梅塞夫人边说边塞了一下，那个东西不见了，只是在手里闪着光，“这是我的证据，希拉里·卡鲁小姐。”

希拉里在梦中说：“你卖证据吗？”梅塞夫人回答说：“我卖了我的。”希拉里又说：“你卖给谁了？”梅塞夫人说：“为了一些事，我必须出卖灵魂。”然后她开始哭泣，并说：“这不值得——这不值得，希拉里·卡鲁小姐。”突然，阿尔弗雷德·梅塞穿着收票员的制服出现了，同时也是列车上的巡视员。他拿起裤兜里的一把面包刀，用尖利、凶狠的声音说：“货物一经售出概不退货。”希拉里对那把面包刀耿耿于怀，她一路跑下火车，跑到了富勒姆路。就在她到达亨利的商店时，一辆汽车从她身边开过来，这时希拉里醒了。

第二十六章
女侦探见女神探

9 点 45 分，亨利打来电话，这个时间很好，确保马里恩已经去上班了。希拉里正在收拾床铺，她把听筒放在耳边，伸着头说话。

“希拉里……”亨利在电话里说。

“谢天谢地是你！”希拉里说。

“为什么不是我呢？ 你以为是谁？”

希拉里咯咯笑了起来。

“亲爱的，你不知道听到你的声音有多好——我是指一个男人的声音。这个电话从今天早上开始不停地响，一直都是女的。”

“怎么说？”

“先是艾米琳阿姨家的伊莉莎打来电话，说天有点儿凉，所以还在床上躺着——是艾米琳阿姨，不是伊莉莎，艾米琳阿姨怕冷。今天下午她还要去卖婴儿用品什么的——还是艾米琳阿姨，伊莉莎容忍不了婴儿、婴儿用品，或者集市……”

“希拉里，你在说什么？”

“亲爱的，情况紧急！亨利，艾米琳阿姨想让我顶替她的位置，去集市上帮忙卖婴儿围兜！我对伊莉莎说：‘都是女人，你愿意吗？’她咳嗽了一声，说她没有在集市上的经验，而且卡鲁小姐知道这一点，所以我说‘那没什么事了’，我就挂了。半分钟，围兜协会的秘书又打来电话，说卡鲁小姐告诉她我很乐意接手这个地方。大约两分钟后，一个恳切的女孩又来电话说，我们即将要一起在摊位工作……”

“希拉里，住口！我有话跟你说。”

“我告诉他们在那里就是无所事事，但是他们似乎并不采纳我的意见。有逛集市习惯的人就是这样，一旦他们控制了，你就永远失去自由了。亲爱的，我很乐意跟你谈谈。你想说什么？”

“我希望你马上到西勒哈姆街的蒙塔古大厦 15 层来。”

“如果是集市，我再也不会和你说话了。”

“不是。别跟傻瓜似的！我会在那里等你。你最好坐出租车，我会付钱的。”

希拉里感到兴奋。她并不经常坐出租车，所以她喜欢。她喜欢出租车在车流中穿梭，在街角拐弯，好像飞起来的那种感觉。她向窗外望去，发现这又是一个不错的天气——阳光在雾气中透出来，就像是特纳总爱画的一样，砖块和灰浆、石头在大雾中轮廓朦胧。要去见亨利，希拉里很高兴。很高兴又要踏上未知的冒险，因为蒙塔古大厦只是一个地址，并不是她认识的地方。她觉得，如果这是一本书而不是现实生活的话，那么电话里的声音根本就不是亨利的声音，而她一到蒙塔古大厦 15 层，就会被人捂住口鼻给迷晕、注射药物。她下定决心，如果不是和亨利在一起，她绝不进入任何房间。她一直认为被人迷晕可不怎么愉快。所以，如果亨利在门口，那么这里就不会有任何事情。在集市卖婴儿围兜，可比被坏人注射药物致死好多了。此外，亨利已经承诺会支付出租车费了。

亨利已经在门口等着了。他们坐电梯上到 15 层，其间一直在交谈，因为亨利试图解释莫德·希娃小姐，而希拉里告诉他，如果调查证明他们真的是杀人犯的话，她会怎么做。

“我不想去委托一个女人，但是查尔斯·莫里介绍了她……”

“我已经下定了决心……”

“但是她能给你留下深刻的印象。她发现了……”

“如果打电话的不是你……”

“梅塞当时没结婚……”

“而是有人模仿你的声音……”

“直到詹姆斯·埃弗顿死后第二天。”亨利的声音有着先天的优美共鸣。

希拉里用力掐他，说：

“什么？”

“如果你一直在听，而不是一直在说话……”

“亨利，我没有一直在说话！你就没停过，我一句话都插不进去！”

“那你为什么不听我说的？”

“我听到了。”

“那么你为什么说‘什么’？”

希拉里巧妙地转移了话题。

“好吧，亲爱的，你期望我说什么？我是说梅塞夫人……再说一次！”

“直到詹姆斯·埃弗顿死后，梅塞才结婚。”

电梯静止了一段时间。希拉里打开门走了出去。

梅塞夫人，真是太不可思议了！值得尊敬的中年妇女梅塞女士！竟有这么一件可怕的事情。她感到震惊，有点害怕。她快要忘记的那个梦，又生动地出现在她的脑海里。这让亨利、电梯和到达希娃小姐公寓外面从电梯出来时那寒冷、萧瑟的光景都不复存在。希拉里听到自己的声音在梦里说：“你出卖了什么？”听到梅塞夫人说：“出卖灵魂想得到的东西。”他们在谈论梅塞夫人的证词，她的证词是交易，那她是为了得到什么呢？

亨利的手落在了她的肩膀上，她朝亨利眨了眨眼睛。

“怎么了？”

“没什么。我就是想起了点儿事。”

亨利搂着她一会儿。然后他按响了门铃，进了房间。

希娃小姐坐在她的桌前，埃弗顿案的档案在她面前摊开。一件婴儿的淡蓝色紧身上衣放置在桌子的边缘，原来放在上面的毛线球不知不觉地掉到地板上，滚远了。进来时，希拉里把它捡了起来。

“谢谢，”希娃小姐说，“羊毛非常容易弄脏。麻烦你把它钉在一根毛衣针上吧，非常感谢。”

除了档案之外，她似乎没有注意其他事情。现在，她微微皱着眉头，她的头向希拉里倾了一下，然后指了指椅子。

“这位是卡鲁小姐？请坐。坎宁安上校向你解释了为什么我想见你吗？”

“没，他没有，”希拉里说，“他只是给我打了电话，我来了。”她从眼角瞥了一眼亨利，但不动声色。

希娃小姐继续说：

“坎宁安上校很早就给我打了电话。他似乎有很多疑问，”她停了一下，稍微咳嗽了一下，又补充道，“关于你，卡鲁小姐，他希望我能给出建议，他告诉我现在已经有了埃弗顿案的全部档案。我希望他把档案交给我。当他给我讲了你昨天的经历时，我建议他把你带来。同时我可以通过查阅卷宗找出是否有任何我不了解的证据。当然，我还没有时间阅读所有文件。审讯和审判记录都是通过媒体得到的，这些我已经了如指掌了。喀里多尼亚酒店的女服务员的陈述此前我没有看过，还有格拉斯哥的律师为弗朗西斯·埃弗顿先生给出的证明。他们都是打印的副本，我想原件在警方手里。这点你了解吗，卡鲁小姐？”

“不，我不太清楚。7月份我在国外，直到审讯结束，我才回家。”

希娃小姐说：“我明白了。坎宁安上校也在国外，并且告诉我，格雷太太极其排斥配合回答问题。”

“她是不愿意。”希拉里说。

希娃小姐抿起嘴唇。

她说：“真是愚蠢。亲属总是不愿坦诚来妨害调查。他们害怕透露一些对他们想保护的人产生不利影响的信息。然而，如果格雷先生真的是无辜的话，那么对他的案件来说，每一个疑点越是透明，就越好。如果格雷太太想隐瞒自己担心的事情，可能对她的丈夫来说反而……”

亨利皱着眉头。

“我们没有任何理由认为她在这样做。”

但是希娃小姐稍显苍白的眼神并没固定在他身上，而是希拉里。

“希娃小姐，你为什么这么说？”

“这是真的，不是吗？不然为什么她拒绝回答问题，协助调查？她在害怕可能曝光的事情——致命的事情——她知道的事情。卡鲁克小姐，我想你知道是什么。”

亨利惊讶地看着希拉里，她的脸红到了脖子根儿。她的眼睛满含泪水，惊讶地说：“你是怎么知道的？”

希娃小姐又看了看卷宗，不以为然地咳嗽了一声。

“看到眼前的事物并不是什么好事。所以能告诉我格雷太太害怕什么吗？”

“我不明白我能做什么。”

希娃小姐用另一种方式看着她，让希拉里感觉好像面对着长辈——圣诞节的时候，艾米琳姨妈可能给她 5 英镑红包。她用亲切却不失礼节的语气说："我是丁尼生勋爵的粉丝，在他的作品中，这种情况是经常发生的。'哦，要么完全相信，要么一点儿也别信。'我发现我经常引用这些句子讲给我的委托人听。坦诚相待是最重要的。"

希拉里看着亨利，亨利点了点头。毕竟，他知道希拉里说的事不会造成伤害。他们现在不论发现了什么，格雷都不会被处死的，而且他已经做好准备，要相信眼前这个并不起眼但是值得尊敬的女侦探的判断了。

希拉里把手放在脸颊上，开始告诉希娃小姐自己去见艾希莉的经过。

"她是索尔威山庄定时来做家务的女工，没有人想到要找她，因为她6点钟就离开了，她告诉警方自己什么都不知道。"

亨利握住她的胳膊。

"什么？"

"我没有告诉你，亨利，对不起，当时我不能。"

"继续吧。"莫德·希娃说。

希拉里快速地呼吸。

"我去看她，她有点儿害怕。她哭了，说答应了马里恩不会说出来。"亨利开始后悔了，握住希拉里的手臂的手收紧了，"我迫使她告诉我了。她确实在6点离开了，但是又回去了，因为她落下了一封信，应该是在书房里，所以想从书房的落地窗进去。但是靠近时，她听到有声音——有人在争吵。埃弗顿先生说：'我自己的侄子！'然后，她就听到一声枪响，就吓得跑了，一直到回家。”

“我明白了，”希娃小姐说，“好的，知道了。这是几点？”

希拉里屏住呼吸。

“这是最糟的地方——对杰夫来说，她在奥克利路上的时候听到了教堂钟声。那时是8点钟，一开始她说，我觉得这样更好，因为她从奥克利路走到索尔威山庄大约需要10分钟。杰夫5分钟就可以，一般都不会超过七八分钟的，所以10分钟已经是满打满算了。所以，如果她在10分钟后听到枪响，就能排除杰夫的嫌疑，因为他最早也是在8点15分以后到达的。我本以为时间是这样的。”她坦白的语气证明结果都是错的。

亨利说：“有什么不对的地方？”希娃小姐注视着希拉里。

“哦，不是的，因为她声称，并且像水蛭一样坚持，那个钟坏了，慢了10分钟，而且她到达的时间是‘半点’。”

“她说时钟慢了？”希娃小姐说。

“她说房里的每个人都知道。”

希娃小姐说：“时钟是非常不可靠的证据。你很确定，她说时钟慢了？”

“我一再问她，”希拉里说，语气悲哀，“她说一直都在跟梅塞女士抱怨这个钟的问题。她还说以前常常在早上调一下。”

“为什么？”希娃小姐语气犀利。

“因为总让她觉得自己迟到了。”希拉里瞪大了眼睛，“哦！”

“那就是快了。”亨利说着，他抓着她的胳膊晃了晃，“我说，希拉里，醒醒，动动脑子——这意味着时间需要拨慢，因为她害怕迟到。所以事实跟她说的恰恰相反。”

希拉里的眼睛瞪得更圆了。她嘴里喃喃自语：“天哪！”

希娃小姐说：“确实。”

亨利·坎宁安说：“你怎么这么傻？”

“神哪！”希拉里又说，“就像我刚才给你们讲的一样，她说的时候，我只能烂在肚子里。她也是这么对马里恩说的，马里恩也是这么做的，还要求艾希莉答应不要说出去。如果她当时这么说过的话——希娃小姐，那么杰夫就已经被释放了，对吧！”

希娃小姐咳嗽起来。

“不要过分依赖这件事。事实必须得到证实——已经过去 15 个月了。但是，如果能证明去年 7 月，这座教堂的钟声快了 10 分钟，那么看起来埃弗顿先生是在 8 点左右被枪杀的。”

“哦，希娃小姐！”

希娃小姐点了点头。

“然后，关于艾希莉女士听到的话……”她干咳了一下，“好了，他们一定会给出不止一个解释。她看起来好像是考虑过了，格雷女士似乎也考虑过了，那句‘我自己的侄子！’指的是杰弗里·格雷。你看起来也采取了相同的看法。但你知道吗，这不是唯一的解释。他有可能当时正和杰弗里·格雷先生谈话，但你所引述的话并不意味着一定是这样啊。例如，他可能在对针对格雷先生的中伤或诽谤做出回应，那句‘我自己的侄子！’可以视为愤愤不平的回击。此外，埃弗顿先生有 3 个侄子。可能他指的根本就不是杰弗里·格雷。”

“时间点很重要，”希拉里说，“只要我们能证明教堂的钟走快了——哦，希娃小姐，我们必须要证明这一点！因为如果詹姆斯是8点被杀死的，就不可能是杰夫做的。”

第二十七章
新的旅程

扫码听本章节
英文原版朗读音频

希娃小姐拿出日记本，记下了艾希莉女士的地址，又写了“教堂时钟、奥克利路”。在这下面，她写了“侄子”一词。然后，她又翻看档案。

“有几个疑点我需要多一些信息。你认识埃弗顿先生的另外两个侄子吗，坎宁安上校？”

亨利说：“前几天我第一次见到了伯蒂·埃弗顿。”

“偶遇？”

“不，他来我的店里。我告诉过你，我继承了一家古董店。他来打听瓷器。”

希拉里睁大眼睛坐直了。

“亨利，他故意到那里告诉你，梅塞夫人疯了。你知道的！”

“呃，我不知道，”亨利说，“他确实在谈论瓷器。”

“他也确实说过，梅塞夫人疯了，他就是为这来的。这就是梅塞跟踪我的目的，在帕特尼一直跟在我身后，告诉我他可怜的妻子脑子不正常，直到我烦得准备大叫才罢休。如果你能相信这一切不是偶然发生的，就在梅塞夫人在火车上跟我说话的第二天一早，所以我不能就这么罢休！”

希娃小姐咳嗽了一声。

“你能告诉我整件事情的来龙去脉吗？我听了坎宁安上校的观点，但我想亲耳听你自己说。”

希拉里从事情的起因到结果一字不落地讲了一遍。从她在火车上遇到梅塞夫人开始，详细地讲了自那以后发生的一切。她喜欢讲故事，而且讲得很好，让希娃小姐有身临其境的感觉。讲完以后，希拉里说：“就是这样了！”希娃小姐在她的日记本上记录了一两分钟。

“现在，”希娃小姐说，“坎宁安上校，我想知道伯蒂·埃弗顿给你的印象。”

亨利看起来很困惑。

“我听说过很多关于他的事情，就这件案子。我的意思是，如果没有这件案子，我不知道我应该对他有什么想法。他和我不是一类人，你知道，他有点儿挑剔，说话也有点儿装腔作势。”

“他头发是红色的，贼眉鼠眼的。”希拉里明显不喜欢他。

“谢谢你，卡鲁小姐。”莫德·希娃说。她在日记本中记下来，“那另一个侄子弗朗西斯·埃弗顿呢？”

“道德败坏，”亨利说，“一个住在国外靠国内汇款过活的人。

老埃弗顿拿钱送他去格拉斯哥就不错了——那里酒水便宜，他天天醉生梦死，不过至少比让他待在伦敦要好得多。大概就是这样，对吗，希拉里？”

希拉里点了点头。

“很有意思，”希娃小姐说，“非常非常有趣。也是红头发？”

“我从来没有注意过他。”亨利说。

“我也没有注意过他。”希拉里说，“但他不是红头发，希娃小姐，因为我记得马里恩和杰夫谈论过他。至少他们真的是在说红头发。马里恩说，她讨厌这点，而且如果她早知道这件事的话，就不会和杰夫结婚了，因为不想生出个红头发孩子来。当然，他们是在开玩笑。杰夫说她不必担心，因为只有伯蒂是红发，而且是遗传自他母亲。然后她问那弗兰克呢，杰夫说没有，他出生就是黑发，汉丽艾塔阿姨家的亲戚不是黑发就是红发。所以你看……”

“是的，”希娃小姐用一种抽象的语气说，“我明白了。”她把卷宗翻过来，又认真读了一下，然后说，“你愿意去爱丁堡吗，坎宁安上校？”

“不。”亨利极尽抵触。

“我可以问为什么吗？”

“我认为希拉里希望有人照顾她。”

“的确如此。我在想，如果希拉里小姐也可以去的话会更好。爱丁堡跟很多人都有关系。所以我想为什么不能去几天……”

“赛琳娜堂姐在爱丁堡。”希拉里用一种阴沉的声音说。

“是吗？”希娃小姐高兴地说，“那听起来更好了。”

希拉里做了一个鬼脸。

“她是马里恩的堂姐，也是我的，她认为杰弗里是凶手，所以马里恩不跟她来往，但她已经问过我和亨利，至少在取消订婚之前就问过。”

“现在不取消了，”亨利坚定地说。片刻之后，他补充道，“我从来没有取消过。”

希拉里眉毛竖了起来，希娃小姐说：

“没什么比这更好的了。你们有最棒的理由去爱丁堡——一个令人愉快的城市，也是欧洲最美丽的城市之一，别人都是这么跟我说的。我认为，卡鲁小姐不应该冒更多类似车祸的风险，所以这是明智的选择。爱丁堡在这方面有着不错的记录，我相信苏格兰人是行事仔细的人。你们应该去，而且在那里的时候，可以去拜访一下安妮·罗伯逊，她的声明我们这里也有，坎宁安上校可以在当地打听一下汽车修理厂。如果他还能去一下格拉斯哥更好。如果你的堂姐不反对，你可以陪他一起去。打听一下弗朗西斯·埃弗顿先生。我会做一些记录，给你们一些建议，在什么情况下应该采取什么行动。”

希拉里向前倾身。

“梅塞夫妇呢？”

“是啊，”亨利说，“梅塞夫妇呢？”

第二十八章
过去

希娃小姐从她的日记本上抬起头来，看起来胸有成竹。

“是的，当然。我有一些资料给你，坎宁安上校。从拿到资料以后，我还没见过你。”

“是吗？”亨利说。

希娃小姐靠在桌子上，拿起未完成的婴儿上衣和淡蓝色的毛线球。然后，她坐回椅子上开始织毛衣。

“是的，”她说，“我在报纸上登了一个小广告。很幸运，梅塞夫人有一个安科黛尔这样不常见的名字。很显然，路易莎·凯姿娅·安科黛尔非常少见。这些特殊的名字通常世代相传。我自己的中间名字是赫弗齐芭，非常不适合莫德，但是我们家族名字中有赫弗齐芭至少 200 年了。”她咳嗽一声，“我离题了，抱歉。”她点了点毛衣针，“继续，我昨天拜访了一位女士，她和梅塞夫人应该是堂姐妹。她回复了我的寻人启事，我在伍德格林见到她。她的名字叫萨拉·安科黛尔——并不讨人喜欢，但我认为可信。她似乎对她的堂姐妹心怀怨恨，但我看不出有什么理由怀疑她的话的真实性。”

“她告诉你什么？”希拉里说。

“呃，首先，她说路易莎，她是这么称呼的，总是考虑自己的需要更多——我可以讲俗语，这传达着女人的心态。她说，路易莎非常自我，总是自认为高人一等——这些话充满着敌意，而且非常开心地告诉我骄者必败。路易莎，以她自认良好的方式和优雅的谈吐，却已经陷入困境。曾经有过一个孩子，但埃克斯太太说已经死了。”

“哦，”希拉里说，“这就是为什么她对马里恩的宝宝非常关心的原因。”

希娃小姐抬起头，又低下头——很奇怪的一瞥。“这个男人受洗前叫阿尔弗雷德。埃克斯太太不知道他的姓氏。很可能是阿尔弗雷德·梅塞，也可能不是。30 年前，一个年轻女孩儿失掉了对生活的希望，想去另一个地方。路易莎·安科黛尔也非常幸运，因为她得到一位女士的同情和喜爱，愿意给她重生的机会。这位女士在拜访邻居时听到路易莎的故事。她有一颗善心，很有地位，当她走后，就带着这个女孩去跟自家的厨师学习。萨拉·安科黛尔从此再没见过她的堂姐妹，除了通过耳闻什么也不知道。她相信路易莎应该是学会了做饭，并在那位女士家待了好几年，直到那位女士去世。坎宁安上校，这对你来说似乎不是很重要。我本人也有些失望，但最后我问埃克斯太太是否知道这位女士的名字。她说知道，而且当她重复时，我觉得大有收获。”

希拉里说：“哦——”亨利则迅速说：“叫什么名字？”

希娃小姐把毛衣毛线放在腿上。

“埃弗顿夫人。伯特伦·埃弗顿夫人。”

“什么！”亨利说，头皮一阵发麻，“谁？我是说什么？我的意思是，伯蒂·埃弗顿没结婚。”

“30年前！”希拉里喘着粗气，“伯蒂的母亲——汉丽艾塔阿姨，把红头发基因带到家族里的人！”

“确实如此。”希娃小姐说。

“有什么关联吗？”亨利说，他的思绪好像一团乱麻理不清头绪，“希拉里，马里恩知道这个叫梅塞的女人在来詹姆斯·埃弗顿家里工作之前就在埃弗顿家族服务吗？”

希拉里看起来很困惑，“她从没说过。”

希娃小姐看了看两人。

“梅塞夫人和伯蒂·埃弗顿家有关联，特别久远的关联，肯定会在审判时被提及——如果为人所知。如果没有，那一定是没人知道。”

“但是这样的话，希娃小姐，”亨利说，“怎么可能不知道呢？如果这位路易莎·安科黛尔·梅塞在他兄弟家做厨师多年，詹姆斯·埃弗顿一定认识她。”

“坎宁安上校，这是疑点。但是一个大房子里的厨师可能不会被客人见到。”

“但他不是！”希拉里喊道，“我的意思是他不是客人，詹姆斯·埃弗顿又不是客人！马里恩告诉过我。他曾经和他的兄弟伯特伦发生过激烈的争吵，因为他们都想和汉丽艾塔结婚，之后詹姆斯再也没有去过那儿，也没有见过他们。”

“这让事情变得容易了一些，”希娃小姐说，“我想我们可以设想，梅塞夫人隐瞒了她之前与埃弗顿家族的联系。她是可能会这样做的，因为她不想觉得是被推荐的，或者可能有更阴险的理由。我们一定要重视一个事实，即她的雇主的侄子伯蒂·埃弗顿对她来说不是一个陌生人，是她从小看着长大的，而且她对伯蒂的母亲深怀感激。”

“这一切就说得通了，”亨利说，“不管有没有感恩的债务，你是不是要告诉我，梅塞夫人为自己伪造证据，声泪俱下地控诉，断送了一个无辜青年人的人生，就是因为她曾经是真正的凶手母亲找的厨师？我认为你现在应该认为凶手是伯蒂·埃弗顿。当然，希拉里确实一直认为是伯蒂干的，但是她苦于找不到证据——我想你做到了。”

“坎宁安上校，我们需要大量的证据，才能让杰弗里·格雷先生被无罪释放。我并不是假定伯蒂·埃弗顿是凶手，我只是建议你和希拉里小姐去核实一下他的不在场证明。”

“你是说，并不是假设伯蒂·埃弗顿是凶手——而且除非他的不在场证明崩塌了，因为詹姆斯·埃弗顿被枪杀时，他远在帕特尼地区 400 英里之外。但是，假设他伪造了不在场证明，而且他枪杀了自己的叔叔，你的意思是像梅塞女士那样可怜兮兮、胆小如鼠的女人会马上构思一个嫁祸给杰弗里·格雷的故事，更重要的是，这个故事非常能经得起推敲？”

“我可没有说是突发奇想构思的，”希娃小姐严肃地说，“埃弗顿一案明显是经过缜密策划的。阿尔弗雷德·梅塞在案发后第二天与路易莎·安科黛尔登记结婚。必须要注意这桩婚姻。我相信这是计划中的一部分，而且是案发后当即采取的贿赂和自保措施。还要注意那位几乎耳聋的被邀请去吃晚饭的邻居家的女管家。我相信，她的证词能洗清梅塞夫妇的嫌疑，也是有意为之。因为她耳聋，使得她根本不清楚到底是什么时候开的枪。这个案子的一切都有系统的时间安排，连细节都考虑到了。这个案子的主谋一定极其凶残、心思缜密。接下来的几天很关键，如果卡鲁小姐能安全度过，我将非常高兴。”

“你真的认为她有危险吗？”亨利说。

“你的意见呢，坎宁安上校？”

希拉里颤抖了一下，亨利突然意识到，他希望能坐飞机带希拉里飞到月球上去。他突然想起了雾气弥漫下莱德斯托的路，不禁浑身战栗。他什么都没说，希娃小姐说：

“显而易见吧，坎宁安上校。”

希拉里又打了个冷战。

她说：“我一直在想梅塞夫人，她很害怕，她怕梅塞。所以昨晚她不愿意告诉我。你认为对她来说安全吗——那个小农舍——和梅塞独处？”

希娃小姐说：“我认为她现在非常危险。”

第二十九章
究竟是不是他

“要不是我得克制，当时我应该会爆发！”希拉里说。

亨利伸手摩挲了一下她的手臂。

“如果你要发脾气的话，那订婚就再次取消。”他坚定地说。

希拉里朝他挤了挤鼻子。

“我是说如果。哦，亨利，是不是赛琳娜堂姐很恐怖？比我想的要糟得多。”

他们刚刚从默里菲尔德大街上麦卡利斯特太太的房子里出来，正匆匆离开。麦卡利斯特太太就是赛琳娜堂姐，这次做客就是普通的过夜留宿，没有给什么人带来多大的欢乐。

“她丈夫以前在家里的地位也就是个宠物，”希拉里说，“他好像是个教授还是什么的。以前会给我糖，然后赛琳娜堂姐总说我吃糖不好。丈夫死后她的脾气就变得更糟了，可怕的是，跟我们有亲戚关系的是她。她是马里恩还有我祖父家里隔代的堂姐妹，名字叫赛琳娜·卡鲁，所以家族里如果不算她不太好。你看几乎我们一下火车就开始说杰夫的事了！你把她支走，她只是去补补口红和指甲油，然后又开始谈论杰夫！我真不知道我要如何坚持下去。你觉得我们把希娃小姐需要的信息弄清楚要多长时间？”

“那得看情况。”亨利说。

“亨利，别避重就轻啊！那么首先我们要查什么，修理厂，还是安妮·罗伯逊？或者我们可以做个三明治，把她放在中间？”

“我们先去找她。在她那儿花不了多长时间。”

但是，喀里多尼亚酒店说安妮·罗伯逊已经不在那里了。她已经不干了，去结婚了。经过一番交涉，有个女孩儿说安妮是她的朋友，婚后改叫贾米森，住在乔基一间“漂亮但很小的公寓里”。好不容易得到地址，亨利和希拉里搭乘电车去了乔基。

找到安妮·罗伯逊·贾米森女士的公寓要爬很多台阶，台阶很干净但却非常陡。贾米森太太打开门，等着他们自报家门。她很高大，非常年轻，脸颊红润，袖子挽到胳膊肘，露出丰满的手臂。

希拉里解释说：

“我们去了喀里多尼亚酒店，贾米森夫人。如果可以的话，我们想和你聊聊，就几分钟。是关于去年在酒店发生的事情，我们认为你可以帮助我们。”

安妮·贾米森的蓝眼睛睁得更圆了。

“不会是关于离婚吧？ 我丈夫真对离婚看得很重。”

“哦，不不。”希拉里尽可能快速回答。

“那你们进来坐会儿吗？”

于是他们进去了。房间里有腌鱼和软皂的味道。客厅里挂着鲜红的窗帘和红绿色的油毡。还有两把椅子和沙发，铺上了深红色长绒坐垫，是安妮·罗伯逊存钱买的，她心中感到很自豪。亨利和希拉里坐下来，一阵沉默。希拉里已经把她想说的事情忘得一干二净，而亨利从没有想要说什么。找汽车修理厂可能是他的任务，但眼前这位以前的房间女服务员是希拉里的任务。

“贾米森太太……”希拉里终于开口。也许只要她打破沉默，就会有所发现。但是如果没有收获，该多糟糕啊。她感到很沮丧，能说的只剩那句“贾米森太太”。

安妮很怜悯她。

“你们刚才说是在酒店发生的事。”

“去年，”希拉里急忙说，“哦，贾米森太太，你还记得签署关于埃弗顿谋杀的声明吗？”

这并不是她准备的开场白。亨利正对她做出一个可怕的表情。

安妮·贾米森说：“当然！”她的声音提高了，蓝色的眼睛坚定可靠。希拉里很喜欢她，一下子就不再犯难了。她感觉好像在跟一个朋友说话。

“我想告诉你，为什么我们会来，”她说，“我有你当时做出的声明，原本想如果你非常友善，就通过那份声明问你几个问题，因为我们认为这其中可能存在误判，而我堂姐的丈夫已经蒙冤入狱。她真的就像我的亲姐姐，她现在真的是非常非常难过，所以我想如果你能帮助我们……”

“我签了名的那份声明每一个字都是真的，我不能更改。”

“我并不想让你翻供。只想问你几个问题。”

希拉里在包里翻来翻去，找出一张纸，上面写着安妮·罗伯逊的陈述。她现在要问的事情在她的脑海里变得逐渐清晰了。她重新浏览了一遍声明。

安妮·罗伯逊说，伯特伦·埃弗顿先生在7月16日之前已经入住三四天。他可能是在10日、11日或者12日入住的。但她不能确定具体日期，不过办公室一定有记录。他住在35号房间。她记得星期二，也就是7月16日——埃弗顿先生抱怨房间里电话铃时好时坏。下午3点左右，埃弗顿先生投诉了电话铃声问题。当时他正在写信。当晚8点半左右，她接到埃弗顿先生房间的电话，表示需要一些饼干。他说自己不太舒服，要去睡觉。安妮送来了饼干。她认为喝酒会让他情况更糟。于是星期三，也就是17日上午9点，她又给他送来了茶。那时他看起来似乎没事了，而且房间里只有他自己。

“那是你签字确认的，贾米森太太。”

“呃，具体情况也就是这样。我不会签署任何不真实的文件。”

“那么，我想问一下关于埃弗顿先生和铃声的问题。你说他抱怨有问题。”

“对。”

“你有没有来房间检查，还是他打的电话？”

“他打的电话。”

“他打来电话说铃声不响？”

“对啊。我当时认为不太可能，但他说，铃声时好时坏。”

“你说他在写信。你走进房间时他坐在哪里？”

“他坐在窗前。那里有一张小桌子。”

“他背对你吗？”

“嗯，当时他正在写字。”

“但是当他对你说话的时候，转过身来了？”

“不，没有。他只是说，‘你们的电话铃坏了，时好时坏的。’同时还在继续写东西。”

“那么他根本就没转过身来？”

“没有。”

“那么你并没有看到他的脸？”

“没有，我不能说我看到了。”

“那你怎么知道是埃弗顿先生？”

安妮凝视着希拉里。

“那是埃弗顿先生没错——因为你不可能看错那红头发。”

“所以你只是看到头发而不是脸？”

“对啊——但是这总不能弄错吧。”

希拉里向前倾了倾身。

“很多人都有红头发。”

安妮用手指捻住裙子的一边。她继续凝视着希拉里，用惊喜的语气说：

“不是那种红头发。”

“哪一种？”

“对一个绅士来说太长了，都到脖子了。不可能弄错。”

正如安妮所说，希拉里想起了伯蒂·埃弗顿的头发。“对一个绅士来说太长了。”她点了点头。

“是的，他头发留得很长。”

安妮也点了点头，说：“对了。”

希拉里又浏览着声明。

“那么，这就是铃声的事。那时你并没有看到他的脸，只是看到他的后背和红头发。到了晚上，他又打了电话？”

“对。”

“8点半？”

“对。”

“他说想要一些饼干，还告诉你觉得不舒服，正要睡觉，你给他送来了饼干。”

“对。”

“贾米森太太，那次你看见他的脸了吗？”希拉里问这个问题时心脏怦怦跳，因为杰夫和马里恩一切的一切都关系到这一点。

安妮·贾米森紧紧皱眉。

“他按响了客房服务铃。”她慢慢地说，“我敲了敲门就进去了。”

“你是怎么进去的？”亨利突然说。

她困惑地看着他。

“门开着一个小缝隙。”

“他下午按铃的时候也开着吗？”

“对啊，先生。”

“这两次都是开着的？你确定吗？”

“嗯，我确定。”

“好吧，继续。”

她继续看着希拉里。

“你敲门进去了？”希拉里说。

“对。埃弗顿先生正望着窗外，他并没有回身，对我说，‘我不太舒服——现在要去睡觉了。能给我一些饼干吗？’”

“当你带着饼干回来的时候，他在做什么？”

“他正在洗脸。”安妮·贾米森说。

“洗脸？”

“嗯，他在用毛巾擦脸。”

希拉里的心怦怦跳起来。

“也就是说这次也没看见他的脸？”

安妮显得困惑不解。

“他就是在尽快地擦脸。”

“他说话了吗？”

“嗯，他说了，‘放下就行。’所以我放下饼干就走了。”

希拉里再次低头看了一下这份声明。

“你说你认为他喝了酒，情况会更糟。”

“对，是的。”

“你为什么这么想？”

安妮凝视着希拉里。

“我也没怎么想，我就是确定。”

“为什么？ 我的意思是你没有看到他的脸。”

“就是他情绪非常不好。而且他说话的方式——完全不像他自己的声音。”

希拉里说：“我明白了。”她试图不去想这可能是什么意思。再次看了看手中的纸张。

“第二天早上9点你去送早茶的时候，他就恢复了吧。”

“对，他当时就没事了。”

“那次你看到他的脸了？”

“哦，对，就是他自己。”

亨利插话。

“既然说到这里，贾米森太太，7月16日星期二实际上你根本没有看到埃弗顿先生的脸。你的声明只提到下午，所以你早上也没有见到。”

“对，我并没看见他——他把门锁上了。”

“所以7月16日星期二实际上你没有亲眼看到埃弗顿先生的脸？”

“没有……”但她刚开始说，就停了下来，以一种迷茫的方式看着两人，“如果那不是埃弗顿先生，又会是谁呢？”

第三十章
格拉斯哥

他们打听了3个修理厂后，回去吃午饭时晚了。赛琳娜堂姐不太高兴。即使再礼貌的口气也不及她说话时能压倒人的神情。她咬了咬嘴唇，担心炖的肉太老了，尝了一下，叹了口气，睁大了眼睛，又低下了头。之后，在肃穆的氛围中吃光了牛肉和抱子甘蓝。

当女工在房里时，亨利和希拉里要谈话并不轻松，但是只要他们落了单儿，麦卡利斯特太太就会发出悲怆的声音。

“马里恩不改名字，真是可惜。”每次布道或者祈祷前，赛琳娜堂姐都要这么说，不知疲倦。一直以来，她都不认为杰弗里·格雷是适合马里恩的那个人。

“长得好看的年轻人从来都不是好丈夫。我亲爱的那位……”然后就会细数自己已故的教授丈夫，虽然他没有好看的皮囊。正如希拉里之后所说的那样："性格是一只小绵羊，亲爱的，但其实样子像只金丝猴。"

这位教授的遗孀不止一次预演她给马里恩的建议，"如果她听我的，就不会陷入现在这痛苦的境地了。有一个年轻人，我一直觉得很适合她。但是她却一意孤行。结果呢……你还要点儿牛肉吗，坎宁安上校？那你按铃叫珍妮就可以。"

"亨利，我要爆发了！"他们终于逃离出来时，希拉里说，"现在要做什么——去格拉斯哥，还是修理厂？直到下午茶时间她都会休息。"

"如果去格拉斯哥，我们就没法回去喝茶了。"

"我们可以打电话说有重要的事情，什么事都行。"

"或者我自己去，你留在这里。"亨利建议道。

希拉里跺在人行道上。

"嘿，看着我，小伙子，你要是再说一遍，我就让你看看会发生什么！如果你以为我会留在这里和赛琳娜堂姐闲聊，让你一个人去侦查，那你就错了，就是这样！"

"好吧，好吧，不必为此烦恼。明天我们去格拉斯哥吧。今天下午我们最好还是继续走访汽车修理厂，尽管希娃小姐指望有人能记得一年多以前的一辆车这事有点儿像天方夜谭，但我想我们最好继续。"

希拉里说："可能是无稽之谈。"

他们什么都没发现，这是最令人沮丧的追查。彭特兰开始飘雪，爱丁堡的街上下起了雨，寒意袭来。后来在晚上就寝之前又和赛琳娜堂姐聊了 6 个小时。

第二天去格拉斯哥，天空黑压压的，每一种恶劣天气都随时可能出现——雨、雪、雨雪交加、冰雹、雷鸣。天气变幻莫测，不过最终什么都没有发生。

在约翰斯通和麦克坎德利什公司得到了弗兰克·埃弗顿的地址，最终他们抵达了一处贫民窟，是这个城市里最贫穷的地方。

亨利皱着眉头看着这个地方，这比他预期的要糟得多。这里有凶神恶煞的流氓，廉租房破败肮脏。他看着两人即将要爬上去的楼梯，牢牢抓住希拉里的手肘。

“听着，你不能上来。我不该让你来。我不知道这个人住在贫民窟里。”

“我不打算在这里等你。”希拉里说。她对楼梯不感兴趣，但至少比在这条寒冷的街道上等着好。

“不，你必须回去。”

“回哪里？”

“我送你到街角那里去，那条街还不错。你可以在那里逛逛，等我回来。”

在街上走来走去，无所事事地等着亨利。这条街跟所有城镇上的普通街道没什么两样。那些公寓和丑陋的房子，看着也同样沉闷。希拉里并不想去逛。她想转过街角走一段，看看亨利是否回来了。但完全没有他的身影。街道变得空旷多了。她走了十几步，又走了十几步。

她不确定眼前这些拥挤破败的房子，亨利究竟进了哪一栋。

她脑海里有一个微弱、奇怪的声音说，“假设他永远不回来。”她的想法中突然像蒙了一层雾一样恐怖，希拉里突然感觉透心凉。但这是无稽之谈，那么拥挤的房子，亨利会发生什么呢？那里一定人声鼎沸。

那是世界上最安全的地方，人挤人的，喋喋不休的、破口大骂的女人、吵闹的孩子……但是如果有人哭喊，谁会注意到呢？恐惧感又一次袭来。她盯着那些楼宇上一排排的窗户，突然高处一扇窗户上，出现了梅塞夫人的脸。

第三十一章
不是幻觉

喘息的时间，那张脸就消失了，从窗玻璃上移开，消失在身后的房间里。

希拉里继续盯着那扇窗户，是在左侧公共楼梯五楼的窗户。刚才一定是梅塞夫人的脸。她丝毫不怀疑，因为即使再怎么想，也不可能想象到她那惊恐的神情。以前从来没有见过这样的神情，希拉里希望自己再也看不到这样的表情。一想到那绝望凝视的眼神，因为恐惧张开的嘴，希拉里就等不及了，她要做点什么。她甚至没有想到亨利。她跑过街道，消失在楼梯的阴影里。

在二楼，她停住了，气喘吁吁。你不需要一口气跑到五楼，这样做没有意义。

从这里，向上，向上，向上？

还是，从这里，向下，向下，向下？

“不，不能下去。而且必须保持头脑清醒，保持深呼吸，不然到那里时，不会有好处。”

一路上来，十几个孩子，三两成双，再没见过其他人。他们都很小，因为大一点儿的去学校了。他们并没有注意到希拉里，她走到五楼，敲左边的第一个门，直到敲门声传来，希拉里才开始想，如果是阿尔弗雷德·梅塞开门，她会怎么做。这是一个非常可怕的想法，现在想有什么用——现在是不是为时已晚？她可以逃跑……她不会逃跑。

敲门没有应答。她举起手来又要敲门，但离门还有一英寸，希拉里没有力量继续向前了，全身战栗。为了不让自己退缩，她突然把手放在门把手上。希拉里的手转了一下，门咔嗒一声向里面打开了。

希拉里站在门槛上，那是一个空旷的走道，有三道门，所有的门都是关上的。刚才梅塞女士站着的窗边应该是左手边的那个。她关上了外面的门，走近那扇门，她的脊柱发冷。现在其他房间都在身后。假设阿尔弗雷德·梅塞从其中一间走出来，抓住自己，扼住自己的咽喉掐死自己……他不会的。他为什么要这样做？有一个声音这样说。还有一个声音说，如果他以为你知道得太多的话，他会的。

希拉里站在门口听，却什么也听不到。外面嘈杂的声音嗡嗡作响，但在这里却是一片空灵。如果她让自己停下思考，一定会逃走的。她使劲儿拍了拍手，把手放在冰冷的门把手上，走了进去。

那是一个光秃秃的房间，一张脏兮兮的窗帘在她看到的窗户后面绕着。灯光映照着一张摇摇欲坠的双层床，右手边的墙边摆了印刷机或橱柜一类的东西。房间中间有一张摇摇晃晃的桌子，旁边摆着几把椅子。当希拉里进来的时候，门掩住了床头，起初她以为房间是空的。

她走了进来，看见梅塞夫人站在墙边，尽可能地缩在后面。一只手抓住床头的扶手，另一只手紧紧抓住衣服。希拉里认为如果她不是因为害怕而僵住，恐怕会立刻晕倒。她的脸上浮现出同样的恐惧神情，就是这促使希拉里爬了五层楼。然而在她眼前，梅塞夫人放开紧抓的扶手，瘫坐在床边，哭了起来。

希拉里关上了门。她说："怎么回事？你被什么事吓坏了？"

又是一阵哽咽和泪水。

"梅塞夫人。"

"我以为是他，哦，上帝，我真的以为是他！我该怎么办？我的天！我该怎么办？"

希拉里把手放在她的肩上。

"你以为我是梅塞？他在这栋公寓里，还是外面？"

梅塞夫人惊恐苍白的眼神看着她。

"他会回来的，随时会回来……了结我。这就是他把我带来的结果！"她抓住了希拉里的另一只手，她的手冰凉、潮湿，"我不敢睡，也不敢吃！他已经打开一次煤气阀了……茶里有一种苦涩的味道，但是他说茶里什么也没有，我倒的茶他却不喝，我对他说：'你不打算喝茶吗，阿尔弗雷德？'他就推开碟子，茶洒了一半，然后他说：'你自己喝吧，会很舒服的！'他叫我做不应该做的事，因为我成了他的妻子，所以要那样说。可不管过去发生了什么事情，也不应该把它们算到我的头上，上帝知道！”

希拉里一手扶在那瘦削的肩膀上。

“你为什么和他待在一起，梅塞夫人？你为什么不走？是什么阻止了你？现在就马上跟我走，马上，在他回来之前！“

梅塞夫人用一种绝望的力量摆脱了希拉里。

“你觉得他会放我走吗？他会跟着我到任何地方，阴魂不散。主啊，我真希望一切都结束了，我希望我已经死了！”

“他为什么要杀你？”希拉里慢慢地说。

梅塞夫人颤抖着，沉默着。

希拉里接着说：

“我能告诉你吗？我知道，你也知道。问题就在于，你知道得太多。他想杀了你，因为你太了解埃弗顿谋杀案了。他想杀了你，因为你知道杰弗里·格雷是无辜的。而我不管他是不是会杀了我们俩，告诉我，你到底知道什么——现在！”

梅塞夫人停止哭泣。她在床边瘫坐着，不说话，仍然穿着一身可敬的黑色。她用暗淡的眼神盯着希拉里的脸，用一种令人心碎的声音说：“他们会判我死刑。”

希拉里又重新鼓起了希望。她急忙低声说：

“他们不会的。你病了，而且你没有这样做，对吧？”

苍白的眼神对她有些畏惧。

“梅塞夫人，你并没有向埃弗顿先生开枪，对吗？你必须告诉我，必须！”

梅塞夫人伸出舌头润湿了干燥的嘴唇，说：“没有。”她又强迫自己的声音更大一点儿，“没有。”

“谁干的？”希拉里说，随之而来的是外面的门的响动。

梅塞夫人震颤着站起来，不自然地走动。她推推希拉里，指了指印刷机。她在喉咙里嘟囔了一下，最终没说话。

没有时间废话了。阿尔弗雷德·梅塞回来了，在这光秃秃的房间里，只有印刷机那里提供了唯一的藏身之所。没有时间思考了，纯粹是本能反应，希拉里毫不迟疑，钻进了黑暗恶臭的橱柜里，门迅速关上。空间很小，希拉里的肩膀碰到了粗糙的木头，背靠着墙。有什么东西在昏暗中摇摆着碰到她，梅塞夫人的话出现在脑海里，她的嘴唇颤动，太阳穴因为恐惧而冒汗。“他们会判我死刑。”有什么东西挂在这里——

她恢复了理智。这里当然有什么东西挂着——在橱柜里。梅塞夫人把自己的衣服挂在了里面。它摇摇晃晃，碰到了希拉里的脸颊。汗水再次爆发。她听到阿尔弗雷德·梅塞在房间里说话。他粗鲁地说：

“又生闷气了？”

“没有，阿尔弗雷德。”

希拉里想知道这个女人是不是已经重新控制好自己了。这些话听起来几乎是刻意为之——几乎，但不完全。

“‘没有，阿尔弗雷德。’”梅塞模仿她，“这就是你一直在说的，不是吗？你有没有对那个该死的女孩儿露馅儿？——‘没有，阿尔弗雷德。’你见过她吗？有跟她说话吗？是不是在小屋里徘徊来着？——‘没有，阿尔弗雷德。’一直都是，一直都是，是的，是的，是的，你这该死的鼻涕虫！”

希拉里想梅塞夫人一定打了个寒战。

“我不知道你的意思，我确定我没有。”

“哦，不，你不会的！我想你在火车上有没有跟她说话。”

“我只问了格雷太太，我告诉过你，阿尔弗雷德。”她再次崩溃了。努力白费了，她的声音又开始拖长。

“你打电话给她了？整件事就是你干的。案子已经结了，不是吗？杰弗里·格雷先生在监狱里。如果你把舌头管好，我们现在的生活会很优越。你以为我还能信任你吗？”

“我从来没有说过什么，我发誓我没有。”

阿尔弗雷德·梅塞的声音低到不能再低。

“那是什么让她去了雷德灵顿？是什么让她在莱德斯托路上撒野？如果不是你告诉她，你知道让杰弗里先生出狱的办法，她怎么会找到小屋？”

“我从来没有，阿尔弗雷德，从来没有！”

“哦，不，你什么也没做！如果不是因为我发现她在洗碗间窗户下的脚印，你永远也不会告诉我她已经找到那里了。我怎么知道你到底告诉她什么了呢？我怎么知道你没有把警察引来？”

“我拿《圣经》发誓……”梅塞夫人用疯狂颤抖的声音说。随之而来的是一阵啜泣，一阵呜咽。

梅塞说：“快停下吧！你这样对自己没有好处。这扇门关着，外面的门也关了，就算你尖叫，也没人会听到。外面吵吵闹闹的，也没有人会注意到你——以前我已经告诉过你了。这就是我们为什么来这里的原因，路易。平台对面的公寓里住了一个男人，三天两头喝得酩酊大醉，揍他老婆，他老婆也会叫，邻居们告诉我的。昨晚，我在楼梯上和一个男人谈论他，她突然大声尖叫，我对那个人说邻居们不干涉吗？他竟然笑了，说别害怕，他们都习惯了。我说他们不报警吗？他说警察知道夫妻间的事儿最好别干涉，不然他们吃不了兜着走。所以，最好别叫，路易。”

声音暂停了一下，然后传来慢慢的脚步声。希拉里再次想起了她刚进入这个房间时看到的情景，梅塞夫人一步一步退到墙角，紧紧抓住床头的把手。她想，如果柜门是开着的，她应该会直接看到她，脸上满是惧色。

之后没有任何声音。阿弗雷德·梅塞再次开口前没有任何声音。他粗暴地说：“这就够了，我的姑娘！来，过来坐下，我说什么，你写什么！”

希拉里听到了梅塞夫人的喘息声。不管她在期望什么，都不是这样的。这是暴力的威胁。这个时候她应该坐下来，写东西，她的呼吸带着啜泣声。

“你要我写什么，阿尔弗雷德？”

“你来坐下，我会告诉你的。”

希拉里又一次听到了那脚步声——极不情愿，在地板上拖拉着的脚步。一把椅子被拖开，纸张发出沙沙声。然后是梅塞的声音。

“你把我告诉你的写下来，不要浪费一整天的时间！你最好乖乖听话，不然不会好过的。现在！先在开头写上日期，11 月 27

日，然后开始写‘我再也受不了了……我一直是个非常邪恶的女人，所以我必须坦白，杰弗里·格雷先生是无辜的。’”

椅子再次发出声音，好像是被推回去了。梅塞夫人用微弱但激动的声音说：

“你想干什么？你说过，如果我说出去会杀了我。”

“我告诉你什么就写什么！”阿尔弗雷德·梅塞说，“如果你不写——看，路易，你看到了这把刀了吗？很锋利。你想看看到底有多锋利吗？好了，把我说的话写下来！”

她写了。房间里如此安静，以至于希拉里能听到笔尖划过纸面的声音——一阵微微的沙沙声。然后传来阿尔弗雷德·梅塞的声音。之后又是写字的声音，最后传来一声颤抖的长呼吸声。

“都写下来了？好，继续，‘我不是故意杀死埃弗顿先生的……阿尔弗雷德和我早就暗生情愫了……他说会去找埃弗顿先生，要求娶我……但他一直在敷衍我，有一天埃弗顿先生发现了……’”

希拉里听到一声缓慢的呼吸。

“我在写什么？”梅塞夫人低声问道。

阿尔弗雷德·梅塞说：“写完了你就知道了，我的姑娘，你有没有把它写下来——‘有一天他发现了，’好，继续，‘那天伯蒂·埃弗顿先生从苏格兰来看他……他没有时间谈论这件事……他很生气……阿尔弗雷德说他会解决这件事，通知我们要结婚……但这不是什么好事情……埃弗顿先生说我们必须离开……他说他有责任去揭发我们……于是我找出杰弗里先生的手枪，原本他放在最底层的抽屉里……那是7月16日……汤普森夫人本来要和我们一起吃晚饭……我去了餐厅……当我通过书房门口时……我听见埃弗顿先生给杰弗里·格雷先生打电话……他想让杰弗里过来一趟……我以为他会告诉格雷先生有关阿尔弗雷德还有我的事情……那时是8点钟左右……我下定决心……我知道了杰弗里大约会在什么时候到达……在这之前，我必须把床铺铺好……我去找出杰弗里先生的手枪……’”

“阿尔弗雷德！”一声喘息，紧接着是一声恐惧的叫声。

“不要自讨苦吃！写好了吗！开始！‘杰弗里先生的手枪……’你写下来没有？继续！‘我把它放在围裙下面，走进书房……我问埃弗顿先生，能不能可怜可怜我，不要告诉任何人……他骂我……于是我就开枪了……’”

希拉里听到沙沙的声音，好像纸被推开了一样。

“我不……我不会写的……他们会判我死刑！”梅塞夫人低声反抗。

阿尔弗雷德·梅塞说：“你现在写的足够死刑了，但他们不会绞死你的，路易，你不用怕。他们没有机会，因为一旦你签完名，你就会把这个瓶里的东西喝下去，喝完你就睡着了，你什么都不知道了。”

“我不会的，”梅塞夫人低声说，“我不会的！”

“你不会的，是吗？那……”他的声音压下去，直到希拉里什么也听不见了，只有粗糙的声音——一声刺耳、粗鲁的声音，好像动物的吼叫声。

梅塞夫人又尖叫了一声，喘着粗气颤抖着说：“不……不要！

什么事我都做！”

“最好是这样。继续！我不想整天干这件事。不错，一两个污渍不重要，你已经把这张纸弄脏了。‘我向他开枪。’你只要把它写下来！并且足够清楚能让人读出来！现在过来！”

再次传来纸张的声音，笔也在动。梅塞夫人呻吟着。梅塞的声音又冷又硬。

“‘我锁上门……我擦了钥匙和把手……也擦了手枪的指纹……把它放在通往花园的门前的垫子上……然后我跑过去，通过一扇窗户进来，并把它关上……警察来时，它们都被锁上了。但我特意留了一个开着，这样我就可以快速进入……我一直在等待，直到我看到杰弗里先生从窗口路过，进入了书房……然后我跑进大厅，尖叫起来……阿尔弗雷德跑过来，汤普森太太跟在后面……砰的一声门打开了……杰弗里手里拿着手枪打开了门……所有人都认为是他干的……是我让他们这样想的……我并没有告诉我的丈夫或者任何人……阿尔弗雷德什么也不知道，他只了解我告诉他的事情……以为是杰弗里先生做的……我在审讯和审判时发誓没有说假话……但现在我再也受不了了……阿尔弗雷德和我如他承诺的结婚了……而且他对我很好。但是我再也受不了了……我是一个邪恶的女人，我应该去死……’现在在下面好好签上你的名字——你合法的婚姻登记的名字，路易莎·凯姿娅·梅塞！”

希拉里的头发湿透了，紧贴在太阳穴上。肩胛骨也在出冷汗。这就像是最可怕的梦魇，每一种都是通往恐怖的路途——不洁的气味、黑暗中模糊的视线、听到的暴力威胁。她在听什么？阿尔弗雷德·梅塞亲口编造的故事，是他用刀尖逼迫这个可怜的女人说谎——是真的吗？这很可能是真的。一切都合理了，一切都解释清楚了。不，还没有解释为什么詹姆斯·埃弗顿改变遗嘱。但那并不重要。只要杰夫洗清嫌疑，其他什么都不重要。

这些想法浮现在她恐惧和困惑的脑海，同时她听到梅塞夫人疯狂的喊叫声。

“阿尔弗雷德，看在上帝的分上！我不能签！阿尔弗雷德，我一句都不会说出去，我发誓！我会去一个没有人能找到我的地方，我永远不会说一句话，我用《圣经》发誓，我不会的！”

另一边，阿尔弗雷德·梅塞挣脱了跪在地上抱住他膝盖的梅塞夫人。他爆出愤怒的诅咒，然后又控制住自己。不管发生什么，她都要签这个声明——她一定要签署这个声明。他用极其平静的声音说：“起来，路易！快起来！”

梅塞夫人愚蠢地抬起头。她非常害怕，不能再思考了。她害怕被绞死、害怕死亡、害怕阿尔弗雷德手中的刀——她最害怕的就是那把刀。她起身，梅塞叫她坐下，坐下后，梅塞叫她签下自己的名字，她用冰凉颤抖的手握住笔。

“签！”阿尔弗雷德·梅塞说。他向她走近，展示刀子。

希拉里出于恐惧而紧张。她听到笔尖微小的声音——因为写路易莎·凯姿娅·梅塞这个签名。“如果签了，他会杀了她，马上就杀了她。我不能坐视不管。他手里有刀。他也会杀了我。没有人知道我在哪里。亨利不知道，亨利……”

“你打算签这份文件吗，还是要我帮你？”阿尔弗雷德·梅塞说。梅塞夫人签了名。

第三十二章
正面冲突

希拉里竭尽所能鼓起勇气。如果物极必反，那么她必须跑到门口去大叫。“但是平台对面的女士三天两头被丈夫打，都没有人注意到，尖叫不管用。”这不是好办法。想想，认真想想这个房间——关于家具的位置。他会被分散掉注意力。想想桌子和椅子在哪里。椅子，如果可以的话就拿一把——是的，拿一把，拿一条腿使劲儿砸向他的膝盖——或者他的头。椅子可以做很多事，他的刀也没什么用。

她把手放在橱柜的门闩上，轻轻抬起来。门向外开了一个缝隙——能够看到外面的情况。她可以看到一道狭长的日光照进来，梅塞夫人双手放在膝盖上，她的脸上是绝望的表情。眼神中已没有恐惧，紧盯在坐在她对面的阿尔弗雷德·梅塞身上。希拉里看不见他的表情。她不敢再把门打开一点儿了。手紧紧握住门闩，防止滑落。她只能看到梅塞的手，其中一只手拿着那把刀，放在桌子很远的一边。希拉里可以看到它的位置，因为刀片反射着光线——角质手柄、刀片锃亮、刀刃锋利。梅塞夫人写过字的那张纸放在桌子上，笔已经从墨水瓶里滚出来，那是一瓶顶多 2 便士的便宜墨水，软木塞就放在旁边。

她强迫自己转移视线。屋里有两把椅子。梅塞夫人坐在其中一把上。另一把在哪里？一定在桌子后面，阿尔弗雷德·梅塞的身后。他的手移动了一下，又拿回来，手里有一小包白纸包着的东西。希拉里看着他把纸包打开。里面是一个带螺帽的小玻璃瓶——不超过 3 英寸高的小瓶子。梅塞夫人苍白而恐惧的眼神紧盯着它。希拉里也盯着它。

阿尔弗雷德·梅塞左手拿着瓶子，扭开螺帽，向手里倒出十几片白色药片。希拉里的心开始跳得很快。他要在她眼皮底下把这个可怜的女人毒死，如果他动手的话，她就必须从橱柜里冲出来，竭尽所能地阻止他。希拉里试图思考，但谈何容易。梅塞会把这些药片用水溶解——任何人都不可能干吞下这些药片。问题是，他有水吗？桌子上没有。如果他去厨房拿，那么就有一线生机。

阿尔弗雷德·梅塞用右手把瓶子放下，随意把螺帽放在路易莎·梅塞写的自白书上。他的左手握着那些药片。

“该死的，我忘了拿水！”他说着拿起刀子，从希拉里的视野中消失了。他经过橱柜门去门外，这次她看到了他的脸快速从眼前闪过。这让希拉里心生寒意，他的外表看起来是那么正常，完全是一位值得尊重的管家。他像在为主人的一位客人取水。

他经过的时候，希拉里给自己下命令——紧急、坚定的命令——“他一出门，就数三个数，然后跑，带着她一起逃。你一定会做到的，这是唯一的机会。”

他经过床尾，出了门。希拉里把柜门大打开，数了三个数。然后她跑到梅塞夫人身边，抓着她的肩膀摇晃，气喘吁吁地说：“快跑！快！快跑！这是唯一的机会！”

这是一个几近丧失的机会。梅塞夫人没有生命迹象，没有动作，没有回应。头已经后仰，眼睛盯着天花板。双臂耷拉着。

“不好，”希拉里对自己说，“不行。”

她从桌上抓起墨水瓶，跑出了房间。厨房的门开着，大门关着。他们彼此只有不到一码的距离。从厨房里传来流水的声音。然后水停了。希拉里抓住了大门的把手，但是在她转动之前，阿尔弗雷德·梅塞的手落在了她的肩上，迫使她转过身来。他们彼此凝视了很长时间。他一定把刀放在口袋里，因为他手上没有。一只手抓住希拉里，另一只手拿着一杯水，里面还有一小堆药片在溶解，散发着气泡。令人尊敬的管家的外表其实戴着一张咆哮的面具。

希拉里尖叫起来，拿着那瓶墨水狠狠地砸向他的脸。

第三十三章
希拉里不见了

扫码听本章节
英文原版朗读音频

亨利·坎宁安走下了肮脏的廉租房楼梯，出现在街上。他皱起眉头，手里拿着一个小包裹，用一张皱巴巴的牛皮纸裹着。刚走一步就碰到了他打算去见的人——莫德·希娃小姐，她穿着一件破旧毛领的黑外套，头戴一顶黑色毛呢帽子，上面装饰着一束紫色的天鹅绒三色堇。亨利大叫，希娃小姐也大叫。实际上她说的是："天哪！"之后她用手抓着亨利的胳膊，迅速走到他身边的街道上。

"我们也许不应该在这里谈话。我正要去找弗朗西斯·埃弗顿，但你应该已经去找过了。我还有另一个安排，所以我们不能浪费时间。我想先听听你的发现，然后再决定下一步干什么。"

"你不能再进行下一步了。"亨利说着，奇怪地看了她一眼。他本以为希娃小姐会像路人一样走过去，但是他本人也很显眼，最好赶紧跟希拉里会合，去别的地方说话更好。

“你的意思是？”莫德·希娃小姐说。

他们转进了一条小路。

“弗兰克·埃弗顿已经死了。”亨利说。

“什么时候？”

“昨天下葬。”

“怎么死的？”

“他们说他喝醉了，从楼梯上摔下来。”

“我觉得他是被推下去的。”希娃小姐若有所思地说。

亨利肩膀抽动了一下。

“那也没有多少损失。”

“恰恰相反，”希娃小姐一本正经，“如果他能被引导着说话，将是非常重要的证人。”

“呃，他现在可开不了口了。”亨利讲述着残酷的事实，“对了，希娃小姐，你知道他结婚了吗？”

“不知道，坎宁安上校。”

“呃，他结婚了。是一个工厂失业的姑娘，相当年轻，很喜欢他。另外，说得委婉一些，她不喜欢他的兄弟。实际上，她非常讨厌伯蒂·埃弗顿，说他让弗兰克做了肮脏的事儿，却没有给他应得的报酬。”

“很好，”希娃小姐说，“干得好，坎宁安上校。请继续。”

亨利正在为他的故事润色，按顺序将他们说出来。他慢慢变得非常兴奋。

“那个姑娘很体面。她什么都不知道，也就是说，她猜这里面有肮脏的交易，但是她自己也说不清。大概六个月前，她跟弗兰克·埃弗顿结了婚，但在此之前，她似乎已经和他有过一段时间的来往。当她说到伯蒂让弗兰克为他做肮脏的勾当时，我鼓励了她，她很高兴，所以都说了出来。”

“干得太好了。”希娃小姐说。

他们转到亨利离开希拉里的街道。楼宇之间排列紧密，有几个人进出，但不见穿着棕色花呢大衣和帽子的希拉里。

“我和希拉里是在这儿分开的……”

“她肯定往下一个路口走了，走路才能让自己取暖。”希娃小姐说。

亨利松了一口气，他希望立刻见到希拉里。潜意识里，他觉得自己在黑暗中已经错过了一步。刚才见不到希拉里时，他有点儿生气，但希娃小姐的合理解释让他放了心。

“如果我们在这里等，她会回来的。”亨利说。

他继续给希娃小姐讲弗兰克·埃弗顿的妻子：“她说伯蒂·埃弗顿一直向他们承诺会给钱。但一直在敷衍弗兰克，因为他说遗嘱执行之前他什么都没有。然后他们发现遗嘱已经执行了，但伯蒂的承诺一拖再拖。他说想要弗兰克出国去，但弗兰克因为她不同意。那是在他们结婚之前，之后他说格拉斯哥对他来说就是最合适的地方，他不会让步的。他说他只想要一间小公寓和足够的酒钱，但他不会为此去国外。”

“那个，”希娃小姐说，“很有意思。”

亨利点了点头。

“我也这么想。他当然不是一个值得信赖的人，我是说，伯蒂觉得应该送弗兰克离开英国，去大西洋或者太平洋国家，让他不再成为一个障碍。但是，如果你知道我的意思，那么她所说的话就有一些问题。伯蒂一直很着急，可弗兰克是个很古怪的人，他暗示伯蒂，如果他太过分可不行。”

希娃小姐把头偏向一边，好像一只鸟儿闻到了虫子的气息，突然扑腾起来。

“坎宁安上校，他说了会做什么吗？”

“他暗示说可以给伯蒂穿小鞋。他说经常为伯蒂做见不得人的勾当，如果他知道伯蒂在干什么，他就不会这么做了。还说他手里有证据，如果把它捅到警察那里，伯蒂吃不了兜着走。那个姑娘菲米说，他给她看了证据，还让她承诺不会告诉任何人，因为他说，他们也可能会判他死刑，可他从来没想让那个老头儿受到伤害。”

希娃小姐在狭窄的人行道上面对着亨利，眼睛明亮而警觉。

“这个证据，坎宁安上校，她告诉你是什么了吗？”

“已经在这里了。”亨利说。他猛锤了一下手里的那个包裹，变戏法儿似的拿出了什么。

希娃小姐的表情发生了细微的变化。她伸出手去拿包裹，张开嘴准备说话，但她没说话，也没有碰到皱巴巴的牛皮纸。她的手落在身旁，嘴唇保持张开，眼睛突然失去了焦点，比以前更加警觉。她快速而不安地说：

“坎宁安上校，卡鲁小姐在哪里？”

亨利又一次震惊了。

“我把她留在这里。”

“那她呢？”

“她一定已经绕过拐角了，你是这么说的，你说她会走路取暖。”

“她不会走多远。她应该在这里。我不喜欢这种感觉，坎宁安上校。”

她说完之前，亨利已经离开了。这条街长 0.25 英里，也没有转弯。他身高腿长，很短的时间内就已经走完。他向左拐进角落，消失在希娃小姐的视线里。过了一段时间，他又冲过了街头，然后消失在相反的方向。然后又疾跑回来。

在走到她身边之前，希娃小姐转过身来，一路走过去。亨利走过来，气喘吁吁。他的心怦怦跳，“希拉里——希拉里——”难以控制的不理智让他感到恐惧。

“找不到她，希娃小姐……”

希娃小姐跑起来，姿势奇怪。

“我想我应该告诉你，梅塞现在在格拉斯哥，坎宁安上校。事实上，我是跟踪他们到这里来的。一位警察马上要和我在他们暂住的地方见面。我非常担心梅塞夫人。如果……万一卡鲁小姐……”这话戛然而止，但她依旧跑得很快。

他们拐进了这些廉租房的街道，希娃小姐用手抓住了亨利的胳膊，指了指。

“那扇门——左边五楼——警察在那儿。”希娃小姐一口气说完，亨利就从她的胳膊下取出包裹跑开了。

亨利冲到街对面，向警察大声喊，在楼梯上急得挥舞双手。

警察犹豫了一会儿，跟上了他。

希娃小姐跟在警察身后。

不久之前，希拉里已经确定没有人能一口气跑上五楼。但亨利现在做到了。从希娃小姐那里听到希拉里现在正处于危险之中，让他几近疯狂。他以创纪录的速度，三步并作两步，爬上了五楼。刚跨了三步就听到了希拉里的尖叫声。他冲到门前。立刻，亨利就知道有人在门里面顶着，他以暴力的冲击把门撞开，突然的撞击把希拉里和阿尔弗雷德·梅塞撞开了过道，撞进厨房。希拉里靠在厨房的桌子上喘着粗气，梅塞磕磕绊绊，双目失明，脸上混合流着血迹和墨水，一只手捂着他的眼睛，另一只手拿着那把刀子。他骂骂咧咧，地板上、希拉里身上，到处都是墨水，看起来那么一个小瓶子里不可能装有这么多的墨水。

亨利惊呆了，这时阿尔弗雷德·梅塞腾出一只手把刀打开。希拉里试图尖叫，但她发不出任何声音，喉咙里快窒息了。她看到亨利向前一步，她听见玻璃碎裂的声音，亨利把墨水瓶踩碎，只见阿尔弗雷德·梅塞弹了起来。亨利抓住他的手腕，反剪手肘把他按到门上，俩人激烈地搏斗着。一把椅子落下，梅塞被绊倒了，亨利又被梅塞绊倒。这时苏格兰当地警察赶到，控制了局面。

之后希娃小姐走了进来，看到了地上的墨水、血迹和那把刀。阿尔弗雷德·梅塞被大个儿警察抓住了。希拉里看上去很苍白，紧紧地抓住亨利·坎宁安上校。希娃小姐用温柔的声音询问道:“上帝保佑，梅塞夫人怎么样？”

希拉里打了个寒战。

“我想她已经死了。他……他……”

“我从来没碰她！”阿尔弗雷德·梅塞说，“我一个手指都没有动她，我发誓我没有！”

亨利双手环住希拉里，把她抱起来，她从头到脚都在颤抖。

“他要毒害她。他还逼梅塞夫人写自白书……”

“闭嘴！”警察把手放在正要说话的阿尔弗雷德·梅塞嘴上。

“他让她写……我……看到她在窗口……她看起来很害怕……所以我走了过来。她告诉我……梅塞要杀死她。我想让她……走。这时梅塞回来了……我藏在柜子里。他拿着那把刀……让梅塞夫人写下他所说的……并签上字。然后要给她吃什么东西……让她睡觉……她就再也不会醒了……”

“我明白了。”希娃小姐说，转身走进卧室。

他们沉默地等待着。希拉里希望能够停止颤抖。她太冷了——就是这样——因为她很冷所以在颤抖。没有什么比寒冷更让你感到害怕。与阿尔弗雷德·梅塞待在一个房间里太可怕了，虽然他现在很安静，用一块染色的手帕擦拭着眼睛，警察的手沉重地放在他肩上。

希娃小姐轻快地走回来。

“梅塞夫人没死。”她说，“哦，亲爱的，她只是昏了过去，一定会恢复过来并作证的。警官，我想你最好把这个人带去警察局。

我留在这里处理后续问题。坎宁安上校，我想请你帮忙把梅塞夫人放到床上，而希拉里小姐，请把火生起来，烧一壶水，我们给她泡一杯热茶。事实上，我认为我们也应该喝一杯好茶。”

第三十四章
真相

“我们最好给赛琳娜堂姐打个电话。”希拉里说。她往后顺了顺头发，无力地注视着亨利。

距离她把墨水瓶摔到阿尔弗雷德·梅塞脸上大概过了两小时，但感觉像是过了一周。苏格兰大个儿警察已经带走了嫌疑人。侦探也到达公寓，接管了现场。梅塞夫人从昏厥中醒来后又陷入悲伤，直到警察和希娃小姐叫了出租车带走她。亨利随后把希拉里接到酒店，她可以洗去手上的墨水、逃避衣服上的墨渍再也洗不干净的事实。他们刚吃过午餐。

“亨利，我们应该要给赛琳娜堂姐打个电话。”希拉里说。

“我不明白为什么。她根本没有在等我们回去吃午饭。”

“感觉像过了几个月，”希拉里战栗着说，“亨利，你说自己已婚了，就不能在苏格兰结婚了吗？我的意思是，我们能不能就这样做，然后再也不用回来了？我是说，我不喜欢赛琳娜堂姐。”

亨利给了她一个拥抱。

“亲爱的，我也希望我们可以！但是这几天你得有苏格兰的住址。”

“怎么才能有呢？”

“在这儿住三周。你看，虽然我的名字是苏格兰的，可我从来没在苏格兰生活过，但我们能比在英格兰更快一点儿结婚。”

“这一点儿都不好，”希拉里绝望地说，她的脸颊蹭在他的外套领子上，“有点儿野蛮，对吧？我是说梅塞夫人，她……她那样地哭喊。亨利，他们不会对她做什么吗？因为不管她做什么，都是梅塞让她做的，就像他让她写自白书一样。”

“嗯……”亨利说，“我怀疑她是不是枪杀了詹姆斯·埃弗顿，也是有可能的。”

“我知道，所以我才觉得难过。我多希望她没有。”

“如果是她，我不知道伯蒂·埃弗顿是从哪儿进来的，他确实进来了，一定进来了。喂，我刚刚想到，我的包裹呢？”他从和希拉里一直紧挨着坐的沙发一角跳起来，开始翻自己的口袋。

希拉里看上去很困惑。

“你在说什么？亲爱的，你没有包裹啊。”

“不是包裹，是证据，确凿的证据。上面有个大写字母‘E’，我居然丢了！”他双手乱抓着头发，“我怎么能丢了呢！我跟希娃小姐在街上说话的时候还在，我们正谈论它，然后谈到你，我就全忘了。你知道的，希拉里，我不想反复说，但是如果你按照我告诉你的做，待在你该待的地方……”

她透过睫毛温顺地看着他。

“我知道，亲爱的，但那样梅塞夫人就会死的。”随后她脸上的温顺消失了，“她会死的，不是吗？”

亨利皱起眉，露出一丝不悦。

“不管怎样，我把那个包裹丢了，如果不是你……”

“不要吵，”希拉里颤抖着说，“请不要吵。”瞬间一切对于亨利来说都失去了意义——只要她不要哭；一切对于希拉里也失去了意义——只要他爱她，紧紧抱住她，让她再次觉得安全。

希娃小姐进来的时候，看到了感人的一幕。她站在门里侧，轻咳了下，两个人都没有注意到她。她等了一会儿，觉得看到相爱的两个人是件让人开心的事情，随后才又大声咳了几下。

希拉里把头从亨利肩膀上抬起来，亨利则跳起来。希娃小姐端庄地说道：

“我怕你担心你的包裹，坎宁安上校？我负责照看包裹，因为我认为它在我这里更安全。”她拿出了一个用旧绳子扎着的破烂不堪的包裹。

亨利松了一口气，接了过来。

“你打开了？”

希娃小姐看上去惊讶又痛苦。

“天啊，没有，虽然我承认我很好奇。你告诉我埃弗顿太太把它给了你，里面有非常重要的证据。”

“里面有副红色假发。”亨利说，他解开绳子，把包装纸扔到地上，出现了一副很逼真的红色假发。

希娃小姐说：“哦，我的天。”他们看着这顶奇异的假发，比通常男士的假发长，跟伯蒂·埃弗顿的发色一模一样，就像他的头发。

希娃小姐满意地舒了一口气。

“这确实是很重要的证据。衷心祝贺你，坎宁安上校。”

希拉里的眼睛明亮又害怕。

“这是什么意思？”她小声问道，充满担心。

“那个，”希娃小姐说，“我现在可以解释。你们都坐下好吗？我们没必要都站着。不，坎宁安上校，我想要一张直背椅。”

希拉里很开心能回到沙发上坐着，她挽着亨利的胳膊，充满期待地看着希娃小姐正襟危坐，靠在椅背上有黄色贝壳的谢拉顿家具椅上。希娃小姐灰褐色的头发顺滑平静，她的声音严肃又冷静。三色堇在她旧旧的帽子上安详地盛开。她摘下黑色的儿童手套，小心叠好，放到她的包里。

“梅塞夫人做出过声明。我认为这次她说的才是真正的事实。这顶假发让弗朗西斯·埃弗顿扮成了他的兄弟，从而在谋杀那天提供了不在场证明，这就是强有力的证据。”

“在酒店的是弗兰克·埃弗顿？”希拉里说。

“我开始就非常确定。”希娃小姐说。

“但是他在这儿，那天下午他在这儿，在格拉斯哥领了津贴。”

希娃小姐点头，“6 点 15 分的时候。让我详细说，你们就会知道是怎么一回事。伯蒂·埃弗顿的不在场证明的前提是在 7 月

16日星期二，也就是谋杀那天有人看到他在喀里多尼亚酒店。他唯一的账户里就是15日晚上跟叔叔吃完晚餐，在国王十字车站领取的1.5英镑，16日9点36分抵达爱丁堡后，他直接去了酒店，晚些吃了早餐，补了觉。他1点30分在酒店吃了午餐，然后就在自己房间里写信。下午的时候他曾对服务员抱怨他的电话铃不好用，4点后他出门，在办公室询问是否有他的电话消息。直到8点半他才回到酒店，觉得不太舒服就打电话让服务员送些饼干来，想早早睡觉。在服务员的声明中，她声称觉得他因喝酒状况不太好，但是第二天早上她为他送茶的时候，他看起来状态非常好。"

希娃小姐稍稍停顿，礼貌地清了清嗓子，继续说道：

"我对这份声明和伯蒂·埃弗顿的行踪有几点疑虑。首先，他在喀里多尼亚酒店的时候，在国王十字车站乘坐过火车吗？火车在韦弗利车站停，距酒店一英里。如果他从尤斯顿乘车，他就可以在喀里多尼亚酒店下车，这样他只要走过一扇转门即可。他又为什么会选择国王十字车站—韦弗利车站的路线呢？我马上想到他一定有某种强烈动机。在审讯中，没人注意到这一点，在审判中也没有涉及。"

"他为什么要坐车到韦弗利？"希拉里说。

亨利说："他没有。"希娃小姐点头。

"就是这样，坎宁安上校。到韦弗利车站的是弗朗西斯·埃弗顿，很有可能是骑摩托车从格拉斯哥来。你不能从中得到什么信息吗？"

"不……不能……那之后过了太久。"

“恐怕是这样的。但我确定他是骑摩托车来的。头巾和护目镜是很好的掩饰。停好车之后，他只需要进入车站，向票务出示车票——这肯定是他兄弟提供的——再拿上装着伯蒂衣服和假发的箱子。变装可以在厕所里做好，他可以再把自己的衣物装到箱子里，打车到喀里多尼亚酒店，再被人看到吃早饭。”

“他们到底长得多像？”亨利说，“还是有一定风险的，对吧？”

希娃小姐摇了摇头。

“毫无风险。我做的第一件事就是确认他们的照片。来自一家，他们长得非常像，但是弗兰克的深色短发长得很好，而伯蒂的红头发则是他的标志。弗兰克用假发可以骗过所有的房间女服务员。要想躲过被人看到全脸也很容易，他只需要用手扶着头、假装看报纸，或者假装擦鼻涕，有很多的办法。”

“女服务员没有看到过他的脸，”希拉里激动地说，“我们找到她，她说没有，对吧，亨利？她说没人会认错他的红头发，不管是他抱怨电话铃声还是背对着门写信，还是站在窗前望出去要饼干，而她拿饼干上来的时候，他正在洗漱用毛巾擦脸。这都是她说的，对吧，亨利？”

亨利环抱住她。

“你不小心的话，就会想起一些线索的。”他说。

“你做得非常好，”希娃小姐说，“他就是那么做的。你也知道这样风险不大。酒店每个人都只认他的红头发，他们看到红头发的时候会觉得那就是伯蒂·埃弗顿。4点多，弗兰克离开酒店，在办公室询问关于电话的事随后离开。他一定拿着行李箱换回了自己的衣服。可能是在车站换好的衣服，然后取了摩托车，骑回格拉斯哥，5 点 45 分在约翰斯通的办公室报到。我想距离大概有 42 英里。这很容易做到。他在办公室待到 6 点 15 分，而 6 点 15 分之后，我很确定，他又上路了。但这次他犯了一个很大的错误——他路上停下来喝了一杯放松了一下。酒精，如你所知，是他的敌人，他抗拒不了的诱惑。服务员的陈述中提到，伯蒂·埃弗顿周二晚 8 点半通话的时候，因为醉酒状态不好，我读到后就觉得这是一条重要线索。我是正确的。调查很快使我得知，饮酒并不是伯蒂·埃弗顿的恶习，我没有找到什么人见过他喝醉的样子，倒是他的兄弟因为这个弱点臭名昭著。那时候我很确定伯蒂·埃弗顿的不在场证明是假的，是他人伪装造成的。我们不知道细节，摆脱了服务员之后，弗兰克会找机会离开酒店。他很可能在他兄弟的房间换回自己的衣服。晚上那个时间段，服务员应该不是很多。他要在不被注意到的情况下离开房间，他可能去了停摩托车的地方，再回到格拉斯哥。但是我确定他有一件事情没有按照计划进行——他还保存着假发。我确信他并不是有意保留着假发的。”

“而就是假发，毁掉了伯蒂·埃弗顿的不在场证明。”亨利欣喜万分。

希娃小姐点了点头。

“那个，梅塞夫人的声明。”她说。

希拉里身子向前微倾。

“梅塞向她口述的那个吗？哦，希娃小姐！”

“不是那个，她说那个不是真的。可怜的人，我告诉她你能够证明那是在她被威胁时写下的。她说当她丈夫偏离正轨时，她也曾想把真正发生的事放下，不过回忆在她心里生了根，她在一块小手帕上模模糊糊地写出来，可怜啊，警官把它打字整理出来，读给她听，她也签了字。我们是老相识了，他让我拿走了一份复印件。伯蒂·埃弗顿即刻将被逮捕。我认为应立即联络格雷太太，把格雷先生一案委托给一流的律师。我现在会看一下梅塞夫人的陈述。”

第三十五章
自白

《梅塞夫人的自白》

“我想说出我所知道的。我不能再继续隐瞒下去了。如果我不按他所说的做，他会杀了我。我真希望他能杀了我，而不是让我做假证，诬陷杰弗里先生入狱。从那以后，我没有过一刻时光是快乐的，特别是想起格雷夫妻俩。

“我必须从头说起。我和阿尔弗雷德青梅竹马、两小无猜，结果他让我很失望，并失去了自我。我最迷茫的时候，伯蒂的母亲——伯特兰·埃弗顿夫人听说了我的事情。她住在我家附近，于是她把我带走，给我了一个重来的机会，让我跟她的厨师学习，那位厨师离开后，我便接替了这个职位。从那以后已经过去25年了。那时候伯蒂先生才五岁，弗兰克先生刚出生。小伯蒂是我见过的最可爱的孩子，尽管现在没人会这么想。他有全世界最漂亮的头发，所有见过他的人都像发现了新大陆一样，他让你无法抗拒，我想这也是他毁灭的原因——对他来说一切都唾手可得。他喜欢画画和音乐，他也喜欢钱，哦，这点是致命的软肋。这也是一切罪恶的源头。他从其他孩子手里发不义之财，甚至有人主动把钱交给他，这样他就不会把这群孩子做的坏事说出去，其实这比偷钱还糟糕。最终这伤了埃弗顿夫人的心，她也变得不一样了。之后，家人把他送到了外国上学，回国后变成了一个讲究生活品质的年轻人，在伦敦安了家。最近他的母亲去世了，房子拆了，多年前我也换了雇主，再没有听到埃弗顿家的消息。

“有一天，我又碰到了阿尔弗雷德·梅塞。当时我在伦敦的一个地方工作，那天下午我外出，我们一起喝了杯茶，谈论了旧时光。之后我们还继续见面，他又开始像以前一样对我颐指气使了。他似乎总能让我做他喜欢的事情，他说的话我总是不知不觉就照做了。他告诉我要跟我结婚，和我一起去詹姆斯·埃弗顿先生家工作，他也是我的老东家伯特兰的兄弟，地点在帕特尼的索尔威山庄，于是我们就这样以夫妻的身份去应征工作了，那正是他想要的。阿尔弗雷德说我们去工作之前就会结婚的，但是他一直在拖延。我有我的考量，阿尔弗雷德也有他自己的算盘，他告诉埃弗顿先生我们会结婚，但我们一直没有结婚，直到事发。阿尔弗雷德一直拖着我，到最后，我也不敢再说了。他总是让我做他想做的事情，现在他知道了我贪生怕死。

“也就是那时，我知道了阿尔弗雷德私下和伯蒂先生见面。有次我们一起出去，碰见他一次，他停下脚步跟我们打招呼，和以前一样，他还是叫我‘路易’，并且来到我的厨房里油嘴滑舌。我心想：‘他现在一定是想要什么。’但我不知道是什么。我也是这么对阿尔弗雷德说的，他叫我闭上嘴。

“詹姆斯·埃弗顿先生不喜欢伯蒂。他一切都是为了另一个侄子杰弗里·格雷先生，他们一起工作，都是特许会计师。我不知道究竟怎么回事，但是伯蒂先生发现自己的叔叔在生意中出现了漏洞。我不知道其中的来龙去脉，但是从阿尔弗雷德告诉我的事情来看，他让朋友承接了账目，如果被发现的话，就会陷入官司中。杰弗里先生对此一无所知，他叔叔怕他知道，因为他极其看重杰弗里。

“埃弗顿先生同意和伯蒂先生见面详谈。伯蒂先生特地从苏格兰来。那是7月15日，埃弗顿先生被杀前一天。伯蒂先生来吃了晚饭，之后他们进书房详谈。我知道一定是发生了什么，但我不知道到底是什么事。我上楼走过大厅的时候，听见埃弗顿先生正在大声嚷嚷，仿佛在释放所有的情绪。阿尔弗雷德跟我说我们一辈子都会在一起，还吻了我，他已经很久没有这么做了，还说他已经预约登记结婚了，告诉我去买一顶新帽子，打扮打扮自己。那时我什么都不知道——我发誓。”

“敲诈！”亨利突然说，“所以他改了遗嘱！他陷入困境，还被伯蒂敲诈——威胁他改遗嘱！”

“让她继续，”希拉里低声说，“让她继续说吧。”

希娃小姐点了点头，继续读：

“第二天埃弗顿先生不太好。他派人去叫来律师，一起出去。

阿尔弗雷德告诉我，埃弗顿先生要去改遗嘱，一旦改完他会马上告诉伯蒂先生。他说，‘对我们来说有点儿幸运。’然后他告诉我那天晚上他叫了汤普森太太来吃晚饭。那是7月16日，天气炎热。埃弗顿先生把自己关在书房里不出来。餐厅里准备了冷餐，他想用餐的时候随时都可以。就在差一刻7点时，阿尔弗雷德把我叫到房间，告诉我埃弗顿先生开枪自杀了。他说一定不能让人知道，直到汤普森夫人来做客，这样才能洗清我们的干系。他说汤普森夫人耳聋，听不见是否有枪击，还告诉我该做什么、该说什么。他发誓，如果我不照办就会把我的心挖出来，还拿出他的刀来比画给我看，说所有的警察都救不了我，还让我跪下来发誓，还让我用牙痛来跟汤普森太太解释，来掩饰自己的情绪。汤普森夫人7点半来做客，我真不知道我是怎么熬过来的。阿尔弗雷德告诉她，我因为牙疼脑筋都不清楚了，她什么也没有怀疑。8点钟，我端着一些盘子穿过厨房，把盘子放在餐厅后又返回厨房。但是半路我差点儿把盘子都砸了，因为我听到埃弗顿先生在书房里说话，他在打电话——而我一个小时以前就以为他死了！我惊得动不了。听见他说，‘你快来见我吧，杰夫。’然后他就挂断了电话。

“门开着一道缝儿，我听得很清楚。我听见他在房间里走，听见他把椅子拖到桌子旁边。然后他尖叫道，‘你是谁？你想要什么？’‘我自知罪孽深重，’伯蒂先生说，‘你看，我已经回来了。’埃弗顿先生说，‘你这样乔装打扮，不就是江湖骗子吗？’伯蒂先生笑了起来，说，‘私人生意。’埃弗顿先生问，‘什么生意？’我正对着门，透过门缝看到埃弗顿先生坐在办公桌前，脸色苍白、愤怒，伯蒂先生在窗边。他穿着机车服，就是骑摩托的衣服，戴着皮帽，护目镜被推开。如果不是因为他的声音，我估计很难认出他，但那就是他的声音。听见埃弗顿先生的问话，伯蒂把手插在口袋里，说，‘这个。’我没有看到他手上有什么东西，但那是杰弗里先生的手枪，他结婚时没有带走，就像他在庭审时发誓说的一样。我看不到它是什么，但是埃弗顿先生看到了，他试着站起来，大叫一声说，‘我自己的侄子！’然后伯蒂就开枪了。

“我好像不能动了一样。伯蒂先生走过来，关上了门，我听到钥匙在锁眼儿里转了一下，然后传来一种轻微的声音，是他在擦门把手和钥匙上的指纹。他一定也擦了手枪上的指纹，因为他们没有发现手枪上有任何指纹，只有可怜的杰弗里先生后来留下的指纹。

“我清醒过来，害怕极了，不能再留在这儿了。于是我回到厨房，坐在桌子旁边，把头埋在手中。我没有时间去谈论这一切。阿尔弗雷德和汤普森夫人在一起。他已经听到了枪声，但是汤普森夫人没有听到任何声音。他在汤普森夫人耳边大喊我牙疼得受不了了，然后他走过来，我小声地说，‘他杀人了——伯蒂杀了埃弗顿先生。’然后他说，‘你错了，路易，是杰弗里先生干的，15分钟之内，杰弗里·格雷会杀死他，别忘记这一点。’”

希娃小姐从打印齐整的梅塞夫人那份不太连贯、模糊不清的自白书中抬起头。

“你们应该也能看出这个可怜的女人自白里前后不符的地方。她说信了梅塞的话，以为埃弗顿先生 1 小时前已经自杀了。但很明显，警方到达案发现场时的证词是她事先准备好的。像伯蒂·埃弗顿和阿尔弗雷德·梅塞这样两个心思缜密的同谋，绝不会在案发现场冒险，刺激到梅塞夫人。所以她一定早就知道埃弗顿先生会被杀，并且排练好自己的台词了——她一口气承认，下一秒又否认。毫无疑问，她的所作所为是在受到恐吓威胁后做出的。”

“是的。”亨利说，“而且我不明白的是，如果埃弗顿先生没有打电话，他们怎么才能把杰弗里·格雷叫来。”

希娃小姐点点头。

“这一点很有趣，坎宁安上校。我认为很明显，埃弗顿对于被勒索一事反悔了。他打算向格雷先生坦白并寻求帮助。因为事发突然，他来不及思考，但后来他试图回旋。”

“是的，我也是这样想的。但这不是我要表达的意思。这个计划牵涉到杰弗里·格雷。埃弗顿先生正中他们下怀，给杰弗里打了电话，可是他们怎么知道他会打电话，要是他没有叫杰弗里来，他们会怎么做？”

“确实如此，”希娃小姐说，“警司也提出了这些疑点，梅塞夫人说伯蒂·埃弗顿偷听到了叔叔的电话。这对他们来说是侥幸，还降低了风险。另外，伯蒂·埃弗顿善于模仿，杀人后会打电话给格雷先生。他会模仿叔叔的声音和语气。这个阴谋里最重要的一环是杰弗里·格雷应该发现了尸体和手枪。”

希拉里说：“他们也不能确定杰夫会把枪捡起来啊。（可怜的杰夫——眼睁睁走入了陷阱！可怜的杰夫！可怜的马里恩！）”

“1000 个人里有 999 个会拿起来的，”亨利说，“我应该就是其中一个。任何拥有过自己的手枪的人都会的。”

“是吗？”希娃小姐说，“警司也是这么想的。他是个聪明人。”她咳嗽起来，“我认为这两个疑点应该解决了，我继续说。”

纸张沙沙作响，希娃小姐用冷静、一丝不苟的语调继续读那些让人痛苦的句子。

“‘15 分钟内，杰弗里先生就会杀了他。’他就是这么说的。我不知道我竟然没有叫出来。这是一个阴谋！杰弗里先生从来没有伤害过他们——可是只有他叔叔喜欢他，伯蒂已经下定决心要拿到钱。为此他策划了谋杀，并把它嫁祸给杰弗里先生，句句属实。

“汤普森太太什么都没注意到。她以为我那天恰好状态不好，她以为阿尔弗雷德是一个好丈夫，拍拍我的肩膀，跟我说安慰的话。如果她能听见他说的话，就不会这么想了。阿尔弗雷德说，‘他给杰弗里先生打电话了吗？’——他指的是伯蒂先生。我告诉他埃弗顿先生自己打了。他说，‘什么时候？’我记得在餐厅的时候，时钟敲了八下。阿尔弗雷德又转过身来向汤普森夫人大喊说我马上就会好起来。然后他走进茶水间，安静地对我说：‘现在是 8 点过 7 分了，你最好准备好。一会儿你就上楼把床铺好，收拾干净，下楼站在书房门口，听到杰弗里的声音就大声尖叫。记住，你是这时候才听到枪响的，如果有任何差池，那就是你最后一个错误，我的姑娘。’然后他随手拿起一把正在清洗的刀子，看着刀子，又看着我。汤普森太太从她坐的那个地方什么都看不到，但我可以，而且我知道如果我不照办，他就会杀了我。

“所以我照做了。在审讯和判决时，我向警方发誓。我发誓听到了书房里有争吵的声音，随后一声枪响，我尖叫起来，阿尔弗雷德跑过来，杰弗里先生从里面打开了门，手里拿着那把手枪。他就这样中了圈套，事实是伯蒂先生开的枪，又故意把枪放在通往花园的落地窗旁边，等杰弗里先生发现，他们知道他一定会像往常一样从花园走进来。杰弗里先生捡起那把枪，他只是捡起来了而已，又走到门口转了转门把手。当他发现门被反锁的时候，就转动了钥匙，一切都跟他们计划的一样。所以警察发现了杰弗里先生的指纹，但是他没杀人。从那以后我一直活在内疚和自责中。阿尔弗雷德和我第二天登记结婚，但是这样做只是想让我把嘴闭起来，我又有什么好处呢？

“伯蒂先生是为钱而来，他答应阿尔弗雷德去美国。这需要很多钱，条件是要我死。我做的一切都没什么用，因为阿尔弗雷德一样会杀了我。自从我在火车上看到希拉里·卡鲁小姐，他就怕我说出去。我把这些写下来，因为他会杀了我，而我想让杰弗里先生重获自由。”

希娃小姐把最后一张纸放在膝盖上。

“给她读完之后，梅塞女士就签名了。我认为这应该就是真相。”

希拉里坐了起来，她仍然握着亨利的手臂。每个人都需要依靠，特别是外界发生了什么的时候。

“我应该非常高兴才对——关于杰夫和马里恩——但我却没

有，并不是很高兴。她太难过了，可怜的马里恩！”

希娃小姐的表情变了。她看着希拉里，眼神柔和，并用温柔的声音说：

“亲爱的，如果你做错了事，就会不高兴。对任何人来说最坏的事情就是伤害了别人，而没有伤害自己。”

希拉里没有回答。她明白，这话对她来说很是安慰。过了一会儿，她开始谈论起别的事：

“案发时间我还是有疑问，我不清楚到底什么时候埃弗顿先生被杀。”

“应该是刚 8 点之后。他 8 点给格雷先生打了电话。梅塞夫人证实了这一点——她说在餐厅的时候，时钟响了八下。应该在这之后的一两分钟就发生了。”

“但是，希娃小姐，”希拉里的眼神迷惑不解，“艾希莉女士说……你知道的，我去找过那个每天来帮忙的女人，她回去取信，听到了枪声，她说奥克利路的教堂钟在她路过的时候敲了八下，从那里到索尔威山庄她要走七八分钟的样子。当时我以为这能帮助杰弗里，但她说那个钟坏了，慢了 10 分钟，所以她到的时候可能是 8 点半了。”

“是的，你确实是这样告诉我的。”希娃小姐说。她轻轻抽了抽鼻子，“但我也告诉过你，那个时钟作为证据并不可靠。我想这一点我们弄清楚了。”

“我们之前去过。艾希莉女士并没有告诉你表慢了，对吗？她说怕自己迟到，但是如果她觉得迟到了，表就是走得快了。你知道，人们对于时间观念总是有困难。如果报纸没有登，几乎没人知道该把夏令时调回去了。艾希莉女士有些昏庸。和对希拉里说的一样，她对我说的也是这些，我不断逼她确认，她就变得更困惑了。我真觉得没什么必要找她作为证人出庭。”

“所以必须要弄清楚到底时钟是快是慢。”亨利的声音带着愤怒。

希娃小姐看上去镇定自若。

“当然了，坎宁安上校。我拜访了教堂的司事，他很热心肠。15 个月以前，这个钟毋庸置疑地走快了 10 分钟。而且还有加快的趋势，因为已故的牧师喜欢让它走得快一点，而现任牧师每月都会把它调准。所以毫无疑问，凶案发生当天时间是拨快了。所以艾希莉女士听到 8 点的时钟时，其实只有 7 点 50 分。她当时就在路口，需要 10 分钟左右能到索尔威山庄。正如她告诉你的那样，听到埃弗顿先生喊道，‘我自己的侄子！’听到枪响后，她就吓跑了。”

“我真是蠢货！”希拉里说。

亨利同意。

第三十六章 不畏将来

哈利特·圣·加斯特看了看她的样品间，对自己的工作很满意。这种小型的内部服装秀是很不错的生意。客户们总是问可不可以买票，可不可以带朋友来。他们来了以后，就会掏钱买她的衣服，然后满意地离开。好像他们也会像瓦尼亚那样优雅灵动。

马里恩的薪水没有白付。但是，她不能再瘦了。展示服装，她是个天才，但如果再瘦，衣服可能会滑落的。哈利特嘴角抽动了一下。工作时间以外，她还是会经常为马里恩·格雷感到难过。

但此时，没有马里恩·格雷，只有瓦尼亚，她正在试穿一件高领、长袖的黑色小礼服，长袖盖住了她的手。这件衣服叫作“忧郁”。沉重的绉纱呈现简约的悲情。马里恩穿上它内心莫名地满足，因为杰弗里真的死了，穿上这件衣服她可以为杰弗里默哀，这件衣服好像为他而穿。她慢慢地在T台上展示，头微微低下，眼神沮丧，思绪飘远。一阵赞美声传来，她好像也没听清。她机械地站立、转身，再次展示。

哈利特向她点头示意，于是马里恩慢慢下台，这时西莉亚穿着一件大胆的橙色花呢进来，与瓦尼亚的“忧郁”形成鲜明对比。

当样品间的门关上后，她意识到弗洛拉有点儿兴奋。

“哦，亲爱的，你的电话——来自格拉斯哥的长途电话。应该是你的小堂妹，我想！我告诉她你正在走秀，她说这比世界上所有的服装秀更重要，所以，也许……”弗洛拉还在说着，马里恩已经拿起话筒说：“喂——喂——喂！”弗洛拉听到她说“希拉里！”，然后又说“什么？”，因为不能出去，于是她尽量走远。马里恩伸出一只手，扶着哈利特的桌子，靠在上面。讲完希拉里的名字后，没有说一句话，她只是听着，靠在桌子上。

弗洛拉不能走开。她看到马里恩的脸色变了，就像看冰雪融化、日出东方，她的表情有了暖暖的颜色。弗洛拉非常清楚自己不应该窥探，但她被一颗热情、善良的心触动。直到马里恩挂上电话，弗洛拉都不知道究竟过了多久。马里恩没有意识到自己已经泪流满面——那是年轻、柔软的泪水。马里恩拉起弗洛拉丰满而不安的双手，就像是拉着她最亲爱的朋友的手一样。那一刻世间的每个人都是心中的朋友，必须共享欢乐。她的声音好像是刚从噩梦中醒来的孩子，“没事了，没事了，弗洛拉。”

弗洛拉发现自己也热泪盈眶。别人哭时，她总是情不自禁地也哭起来。

“亲爱的，怎么回事？发生了什么？”

但马里恩只是重复说，“没关系了，弗洛拉，没事了。希拉里这么说的。”

电话的另一端，希拉里在酒店的电话亭里就张开双臂，紧紧抱住亨利。

“亨利，她什么也没说。她没说话！亨利，我要哭了！”

“你不能在这儿哭。”

“我能，我要哭了。”

“不行！”

休息室里有人。两个老太太在炉火的两端织毛衣。他们终于找到一间空写字间时，希拉里不想哭了。她享受着亨利的怀抱，把头顶在他的下巴上。

“你要爱我！很多很多！非常！非常！非常！你爱我，对吗？”

亨利的回答令人满意。

“如果这件事发生在我们身上……哦，亲爱的，不可能发生在我们身上，对吗？”

亨利说：“我不可能蓄意谋杀。”

“但是我们可能会分手，我们可能会吵架、分手。我们差点儿就失去对方——我以为我们已经失去了对方，真的！我内心痛苦极了！”

“真傻！”亨利搂着她说。

“不傻！”

“非常傻。”

“为什么？”

亨利最后说：

“我们要在一起。”

“弗里斯自然知道这一点。他宁愿冒着被听到的危险，也不想在佩维特角大白天被人看见。其实根本没有什么风险可言。我觉得瑞秋小姐和布兰登在离开之前提到了别墅和那口井，这是上帝的旨意。我要等到弗里斯离开。他非常明确地说出他的去向，这让我对他的怀疑倍增。大家都在担心卡洛琳小姐，他却不厌其烦地告诉我他要把车停在莱丁顿的一个车库里，然后乘火车去伦敦。为什么呢？当我发现他确实这样做了的时候，我意识到卡洛琳有生命危险。但我相信危险不在伦敦。如果弗里斯希望把大家的注意力吸引到伦敦，那么危险肯定在别处，我问自己在哪里时，我想起了佩维特角那座孤零零的别墅和那口方便作案的井。正如我们现在知道的那样，弗里斯先生在斯达汉姆下了车，在车站附近的老房子，与正在车里等他的卡洛琳小姐会合了。谢天谢地，我赶在了他的前面，我们相差五英里的路程。大雾对双方来说都是障碍，多亏了巴洛驾驶技术娴熟，我们及时到达了别墅，阻止了一场可怕的悲剧的发生。发现瑞秋小姐和布兰登先生已经在那里了，我自然很惊讶。你还没有告诉过我这是怎么回事呢，特勒赫恩小姐。”

瑞秋的脸上泛起了红晕。

她低声说：“我不停地想到井。”

希娃小姐点了点头。

“我们都在想那口井——弗里斯先生——我自己——还有你。井是一种非常危险的设计，并且令人叹惜地过时了。现代卫浴设施不仅方便得多，并且不那么容易勾起人犯罪的意图。黑暗世纪留下来的东西虽然浪漫，但我必须承认，我更喜欢现代的便利设施。”

盖尔·布兰登把手放在他的嘴边。瑞秋匆忙地回头看路易莎。

“路易，你什么都听到了。我想听你求得卡洛琳小姐的原谅。”

路易莎挑起眼睛，目光先是凶猛，而后变成了哀求，但瑞秋的目光告诉她没有商量的余地，路易莎收到了最后通牒。她不愿意，犹豫不决，突然她屈服了。她的手仍然紧紧地握在一起，她站起来，凝视着卡洛琳的头，用一种坚硬而机械的声音说：

“我很抱歉，卡洛琳小姐，但是如果你早说出来，就不会发生这样的事了。”

说完，她走进了瑞秋的卧室里，屋里传出用力开关抽屉和衣柜的声音，她是以此来释放她的情绪。

卡洛琳瞥了一眼理查德那张气呼呼的脸，哭着跑出了房间。理查德更生气了，他起身去追她，砰一声关上了门。关门声吵醒了闹闹，这次它同时睁开双眼，嗓子眼里发出抗议的叫声，翻身面向火炉，再一次进入了梦乡。

希娃小姐说了声“乖乖！”，并轻轻抚摸它那整洁的脑门儿，好像她在担心巨大的关门声惊扰了它，然后，她找了个借口离开了房间。

盖尔·布兰登走到卧室的门口，紧紧地关上了门。路易莎发泄的声音已经消退了。他转过身来，伸手搂住了瑞秋，她依偎在他的怀里抽泣着。

“我太失败了，盖尔。你不会娶我为妻了吧？”

布兰登的嘴唇被她的头发黏住了，她没有听清他说了什么，但她推断他很愿意娶她为妻。

过了一会儿，他阐述了这个话题。

“亲爱的，我觉得你是世界上最优秀的女人，所以，如果你管不好钱，别人就更管不好了，你是最合适的人选。就事论事，说说你的那些亲戚。我不知道他们的初衷是什么，但是这场变故必然会让他们所有的坏品行暴露无遗。这话很难听，但我们之间必须有这样一场谈话。我不责备你，因为你只不过是一个女孩——你缺乏经验，你父亲让你担此重任，我也不怪他，因为他病得很重，后来因病去世，交代遗嘱的时候，他已经神志不清，思维混乱了。我常常想，为什么人们总是如此重视遗嘱呢？如果有一种遗嘱不应该被重视的话，他的这份遗嘱就是，因为一个病入膏肓的人，不应该把自己的愿望寄托在别人身上。不管怎样，亲爱的，现在一切都过去了。你把应该给你姐姐的钱给她，如果你愿意，可以保持亲情关系，其他人也一样，钱该给谁就给谁。让他们拿着自己的钱独立生活，如果他们遇到什么麻烦，你不要急于去帮他们，让他们自己解决。不要让他们等着吃食了。那样对你对他们没有任何好处。不管怎样，钱我不要了。”

瑞秋觉得自己好像是在大风中。大风似乎吹走了很多东西，但她不在乎，就让它们随风飘去吧。她的脸颊贴在盖尔的粗花呢外套上，她感觉很惬意，但有些扎得慌。她的人生已经走过了一半，但还有另一半即将到来。

盖尔用有力而温柔的手托起她的下巴，说道：

“你真正想要的是一个属于你自己的家。”

《女神探希娃》系列悬疑推理小说全集（32册）

帕特丽夏的系列侦探推理小说以各种谋杀案为叙事主题，设置悬念，故事情节惊险曲折，引人入胜，构思令人拍案叫绝，赢得了英国民众喜爱，在英国媒体《每日电讯》和犯罪文学协会举办的公众评选投票中名列前茅。不仅如此，该系列小说在美国、德国、法国、荷兰、意大利、葡萄牙等国广为流传，并跻身各国畅销书排行榜前列。

主人公希娃小姐是帕特丽夏塑造得最为成功的一个人物。读者把希娃小姐与柯南道尔塑造的福尔摩斯、阿加莎•克里斯蒂塑造的波洛相提并论。福尔摩斯善于推理，于种种细节中抽丝剥茧，得出案件的真相；波洛其貌不扬，有特殊的洁癖，却有着敏锐的观察和判断能力；而希娃小姐则善于伪装，深入到受害者家中，与各位嫌疑人对话。三人探案风格可谓大相径庭，带给读者别样的阅读体验！

女神探希娃01：灰色面具
女神探希娃02：遗嘱之更
女神探希娃03：惴惴独行
女神探希娃04：新婚杀机
女神探希娃05：燃烧的披肩
女神探希娃06：夜访古宅
女神探希娃07：怡水别墅谋杀案
女神探希娃08：教堂谋杀案
女神探希娃09：分身诡计
女神探希娃10：凶宅梦魇
女神探希娃11：拉特老宅
女神探希娃12：格兰奇庄园谋杀案
女神探希娃13：两个重婚者
女神探希娃14：遗珠血案
女神探希娃15：悬崖旅馆
女神探希娃16：染血的外套
女神探希娃17：致命贪念
女神探希娃18：象牙匕首
女神探希娃19：穿墙之谜
女神探希娃20：消失的安娜
女神探希娃21：古村疑溪
女神探希娃22：情迷布里克
女神探希娃23：逃离往事
女神探希娃24：谎中谎
女神探希娃25：失踪迷雾
女神探希娃26：暗道惊魂
女神探希娃27：红事白事
女神探希娃28：眼观其声
女神探希娃29：匿名信
女神探希娃30：消失的指纹
女神探希娃31：2号继承人
女神探希娃32：地窖残影